西格弗里德·伦茨作品

少年与沉默之海

Siegfried Lenz

Arnes Nachlaß

浙江文艺出版社
Zhejiang Literature & Art Publishing House

[德] 西格弗里德·伦茨 著

叶慧芳 译

伦茨，拍摄于 1969 年

伦茨在汉堡诗朗诵，拍摄于 1969 年

伦茨与女作家英格堡·赫克特（Ingeborg Hecht），
拍摄于 1984 年新年

伦茨，拍摄于 2009 年

目录

Contents

少年与沉默之海……1

附录……185

叙述，是理解的更好方式——与西格弗里德·伦茨对谈……187
西格弗里德·伦茨年表……201
西格弗里德·伦茨所获荣誉……207

少年与沉默之海

他们要我收拾阿纳的遗物，东西放在那儿整整一个月了——那是一个月的茫然、沮丧与绝望——直到这天傍晚，他们终于问我，不是到了该整理打包他遗物的时候吗？虽然我父母只是询问，但在我听来，却像是交付我一项任务。我当时并未答应，只是不发一语继续吃完晚餐，一边抽烟，一边喝完最后一杯啤酒。随后我起身上楼，回到房间，回到长久以来一直和阿纳同住的房间。我坐在他的小板凳上，过了好一会儿，我才终于能够下定决心走到旁边的阁楼上，拿出他那只破损的小行李箱和他当时带来的那个纸箱。

　　我拉起纸箱盖子，打开行李箱，目光又游移到放在外边的东西上——那是属于他的东西。看到这些物品，我突然感觉到阿纳就在这里，他看着我，急切而满怀疑惑，就像他从前一样。他的芬兰语语法书落在我面前——我没去动它；一只作为镇纸的黄铜块就在我伸手可及的地方，上面沾染了灰尘——我没去拿它；已上色的波斯尼亚海湾卡片，钉在与目光等高的墙上，我也没取下。我胆怯了，不敢把绑着船绳的板子取下并放进纸箱。

啊，阿纳，今天晚上我实在无法收拾你留下的东西，就这样将它们不声不响地移开，放逐到无穷尽的昏暗阁楼上，无穷无期。这里蕴藏了太多回忆，每一件东西都是见证，诉说着点点滴滴，娓娓道出昔日时光。

看了一眼漆成红白两色的木雕小灯塔，我的回忆不由自主地鲜活起来，并往更深处探索。窗户开着，今天又是一个典型的港口冬日，一个乌云密布、湿冷不舒服的日子。就在这样的一个日子里，阿纳被带到了我们家。

那天，我们正在吃梨。我们总喜欢在冬天倚在窗户边，满怀期待地吃着南非上等梨，这可是父亲的同

事从汉堡港口那边的水果仓库弄来的。我们一边咬着
梨，一边眺望覆盖在白雪之下的拆船场以及纵横场区
的崎岖道路——从工厂通往船运公司办公室，从仓库
通往那两台起重机；路上脏兮兮的，布满了雪融后的
小水洼。皑皑白雪覆盖大地：废弃的活塞和轴承、老
旧的船锚和报废的船桅，甚至"自由落体高塔"也都
戴上了白色帽子。高塔顶落下的大圆球可以轻而易举
压扁破铜烂铁。下面那里，他们正在波光荡漾的水中
拆解一艘生锈的希腊船，火刀穿过破旧的船身，切开
船舷，磷磷火光如下雨般四下飞散，船舷一片一片被
切割下来。这座拆船场、我们以及我们的期待：一切
的一切是如此轻而易举地发生，呈现，又近在眼前。
而你，阿纳，我们期待着你的到来。这是前所未有
的期待——紧张又兴奋，我们充满参与感，却也满怀
疑虑。

维珂第一个看见他，她不是真见到他，而是看见
载他来的那一辆灰色的破大众车。妹妹把梨核放在窗
台上，指着拆船场大门前的那条马路。路上有一辆车
摇摇晃晃地慢慢开过来，似乎想在一座座废船破铁堆

中找到出路。但是他们开错了路，消失在管线堆后面好一会儿之后，才又在装配厂前面出现。最后他们终于开到宽敞的木造仓库前面，船运公司办公室就在这里面。维珂低声说，那一定就是他。在他从后座出来之前，先下来一名留着胡须的、矮壮的男子和一名高挑的女士，他们透过办公室的窗户张望那里面的情形。等他们确定是这儿没错之后，他们随即从车上搬下东西。

然后我们看见了他，他终于从车子里面爬出来，乖乖地站在那儿：那是一位瘦弱的男孩，看起来冻僵了，像在等待指示的样子。那个男人在他身上挂上背包，他看也没看一眼，握住他们递给他的小行李箱的手柄。他们把一个袋子和一只笨重的箱子搬下车的时候，他只是静静地站在那儿，直到那位女士梳弄他的头发时，他才抬起头来。此时他发现起重机的手臂上面竟然有一个巨大的船艉推进器在摇晃，他看呆了，完全没注意到那位女士伸出手来——她一定用力拉了阿纳一把。然后三个人消失在我父亲的办公室里。

就在那个时候，阿纳，在这么一个冬天的日子里，我们第一次看见你。我们当时的注意力全在你身上，看着你站在仓库前的积雪中，你失落的样子，仿佛迷失在我们的世界之中。对我那位老爱嘲笑别人的弟弟拉斯来说，你就像是一个大问号。他轻蔑地说，和你在一块儿大概没什么搞头，更何况我们也才搬来不久，这儿又是偏僻的港口腹地，报废旧船的终点站。维珂轻声告诉我，似乎怕你会听见的样子。她说她可以从这么远的地方看见你笨拙的举动，她还觉得看见了你自责低头的神情。不管怎么说，对我们而言，你应该是不具伤害性的一个人吧！至少在你来的那一天是这样。我们没有人会相信，你竟留下一个大谜团，并让我们陷入哀痛之中，只能期待奇迹出现。

虽然阿纳和带他来的人都进了办公室，但我们还霸踞着窗户，目不转睛地看着那边，想象在父亲的办公室里，在那个暖气老开得太热的地方，正进行一场交接：一番寒暄之后，他们拿出准备好的文件签署。我们可不想错过他们从办公室走出来的那一幕，看阿纳如何与陪同他前来的人道别，然后被带到我们这儿，究竟是手牵着手，边走边说话，还是沉默不语，一前一后走过积雪烂泥巴滩呢？就在我们紧盯着办公室的时候，母亲走到我们背后问，他来了吗？维珂随便应了一声。母亲要我们记住昨晚答应的事——我们承诺要把阿纳当成亲兄弟一样看待。她说："想一想他经历过的事情！"然后她又说了一次，要把他当成亲兄弟看待，不要问他问题，相信有一天他会自己愿意说出来。

我们对阿纳知道的不多，只知道他父亲曾经当过船长，还拥有一艘近海动力船，但是他却带着全家人一起寻死：不是在海上，而是在库克斯港附近的家里。只有他，只有阿纳，被救活了。然而发现这场不幸灾难的邻居，却抢救不回他父母和两位姐姐的性命。我的父亲去参加了这位昔日老友的葬礼，回来之后他告诉我们，家中将有一名新成员加入，一位友善、内向的新成员，也就是十二岁的阿纳·黑尔默。我们想从母亲那边打听他的事，不知道试过多少次，但她什么也不肯多说。虽然她很清楚阿纳的事，但是她完全不理会我们的问题，有时甚至还会骂人。至于阿纳要和我睡同一个房间，住进我这座宽敞的阁楼，也是她的决定!

他们从办公室出来的时候,看起来已经道别过了。他们只是再一次点头,陪阿纳来的人便离开了。阿纳一直站在那儿不动,直到父亲拿起他的纸箱和袋子,用眼神示意要他跟着一块儿走,他们才一左一右走过来。一路上他们没有交谈,其间父亲转过头去看他,似乎在鼓励他:放心吧,不会有事的!到了屋前,他们停下脚步,父亲往我们这边看来,眼神似乎带有警告意味,阿纳也跟着往窗户这边看;于是我们急忙后退,赶紧回到客厅找地方坐好,提醒自己别露出太好奇的样子。母亲也郑重其事地比了比手势提醒我们,然后才走到门口去迎接他。她不是站在门边,而是整个人挡在门口。

她对阿纳表达欢迎之意,父亲轻轻碰了阿纳一下,然后她握住阿纳的手,带他走到餐桌旁。餐桌上已经摆好特地为他准备的早餐,有牛奶、乳酪面包以及南非梨。这些东西在节俭成性的母亲眼中已经是一份十分丰盛的早餐了。她一边帮他取下黄色背包,一边说着,现在你已经是我们家的一分子。母亲逐一喊着我们的名字，要我们和他打招呼，报上自己的名字，而他腼腆地站在桌子前面。我还听见父亲不耐烦的声音从门边传来：快点啊，维珂！还有拉斯，你也一样，跟阿纳握手。我首先伸出手，说："我叫汉斯，你和我睡同一间房间。和我同住，你一定会很愉快！"他脸上露出胆怯的微笑，惊讶中带着谢意地点了点头。他的嘴唇动了动，但听不见他在说什么。

拉斯飞快地打了招呼，根本就在敷衍。他一边转身一边说："祝相处和睦！"他八成认为自己这样很酷，与众不同。阿纳一点也不惊讶，或许他没听见这句话吧，因为他一直盯着维珂看。他十分惊讶地打量她，充满善意但若有所思的样子，她似乎让他想起一个很重要的人。维珂告诉他，她的中间名是卡洛拉，但是这里每个人都叫她小维。阿纳什么也没说，或是他根本来不及说什么之前，维珂已经准许他以后也叫她小维。

父亲压了一下他的肩膀，要他坐下来吃些东西。我们站在旁边，对他的出现一时还无法回过神。我们暗自猜测、打量，心中有一堆问题想问他。他有一头像稻草般的金色头发，穿了厚厚的腈纶棉夹克却仍嫌瘦削的肩膀，苍白的脸，还有他的皮肤——不知是因为寒冷，还是因为紧张，起了一粒粒小疙瘩，很不平坦，还有他干瘦的手腕。他穿了一条橄榄绿的灯芯绒裤，而不是牛仔裤；脚上穿了一双厚重的鞋，一双绑鞋带的新鞋。他迟疑了一下，不敢动桌上的乳酪面包。于是母亲坐到他身边，鼓励他动手吃。但是他摇摇头，恳求地看着她，然后小声说："我已经吃过了。真的，今天早上。"他仍坚持不吃，虽然他也发现，要不吃东西并不那么容易。

他静静坐在那儿很久，至少我们觉得已经很久了。正当我们耸耸肩，相互对看，要挤出一些无伤大雅的问题时，他突然站了起来，打开他那只老气的小行李箱，手伸进去摸了摸，从下面一个深色羊毛的布团里面拿出了一样东西，一样白色的、泛黄的东西；他小心地抱在怀中，拿到桌边，送到我母亲面前。"这是我带来送给您的。"他低声说。我们一下子全围到桌子旁边，惊讶地看着这只由海象牙精雕而成的海鸥。这是一只黑脊鸥，它弓着身体，伸直颈子，显然是一种防御姿势；只要看着它，仿佛就能听见它嘶喊的声音。母亲表示，它真是太美了。她握在手中，翻过来，转过去，仿佛感受到这件作品的冷峻，历久而弥新。她把海鸥递给父亲，他一边轻抚光滑的表面，一边沉思，最后下了一个结论：雕工精致，应该是挪威做的。阿纳说，是挪威的，是我爸爸带回来给我姐姐的。

我觉察到父母交换了一个眼神，然后父亲拿来一个粘在小木板上的灯塔模型，送到阿纳手中。"这是送给你的，欢迎你来！"他还说，"以前在远洋航行的时候，我自己也做过一个，不过那是好久以前的事了。"阿纳不敢相信，他握着礼物好一会儿，才将它放在桌上。他弯身向前，小心地抚摸灯塔、周围的平台以及灯塔脚下装饰的拍岸小海浪。他偷看画在灯塔上的窗户，然后拿起灯罩，探看灯塔里面的情形，他很高兴。父亲说，如果你想找守卫的话，恐怕得自己想象了。在我们家总是以默默握手表示道谢之意，阿纳谢谢我的父亲，母亲谢谢阿纳。之后母亲又说话了："你不需要用'您'来称呼我，阿纳，你现在是我们家的一分子，以后叫我爱莎婶婶就好了。"维珂不以为然地笑了笑，她觉得现在说这个太早了，而且根本多此一举；拉斯一副忧心忡忡的样子看着天花板，发出听不见的叹气声。不过他们俩听见父亲接下来说的话之后，也不免面面相觑。父亲显然不想在欢迎阵仗上输于旁人，所以要阿纳以后叫他哈洛叔叔就好，"哈洛叔叔，知道了吗？"阿纳只是点点头。父亲还得回办公室，所以他指着阿纳的东西对我说："帮着他点儿，告诉他以后睡哪儿，还有东西该放哪儿。"他转过脸对阿纳说："需要什么东西，尽管告诉汉斯就好，他是家里最大的，你可以信任他。"

我们搬起他的东西往房间走去。我带着他走过昏暗的阁楼仓库，警告他要小心障碍物，那些箱子里面装的都是先人留下来，但从未使用过的白色棉织品，另外还有两张婴儿床。我帮他开了门，但我叫了他两次，他才走进去。

正如你一样，阿纳，有人第一次进我房间时也被吓了一大跳，怔在门槛边。因为我房间的摆设就像船舱一样，狭窄的床是往上折叠的安全板，还有节省空间的软垫三脚椅，热带木材制成的桌子，两个摇来晃去的铜铃。这些全都来自解体的船只，全是在我父亲的命令和监督下挑选、整修、打光，然后运来这里的。目的是为了让我能有一个特别经济实惠又有海洋气息的窝。当然房里的窗户并没出过海，也没受过浪花的洗礼，只是装了双层玻璃的斜窗户而已。把窗户往下拉平，就能站着眺望拆船场和港口区，晚上还能望见汉堡市区的光晕呢！

阿纳很喜欢这个房间，他替灯塔找好位置之后，四下走动看了一看，对这些报废船只上的老旧东西很惊讶。我替他打开了一只铁柜，告诉他睡哪一张床；然后拿出过去放置救生背心的箱子，打开盖子，建议他把鞋子和笨重的东西放进去。至于完全私人的东西，我也准备了一个可上锁的三角柜："你放心，不会有人动的。"他对我弄来当装饰品的环状天线很感兴趣，他认真研究并小心地转动这个环状天线，然后闭上眼睛，仿佛在倾听什么。一时之间，看他的表情仿佛他真听到了什么。他拿天线对着我，想知道维珂几岁，他直接问我："汉斯，维珂几岁了？"我说，维珂十四岁，我十七。他沉默了一会儿，缓缓闭上眼睛，身体微微颤抖，但是旁人几乎完全看不出来。他放下天线，然后说，玛格丽特也是十七岁，我的姐姐也是十七岁。我并不想继续追问，于是指着折叠桌，告诉他那是他的书桌，我要他把东西拿出来整理放好，因为我已经替他预留好了位置。我并不想盯着他看，一副要监督他的样子。所以我埋头在我的家庭作业之中——我当然知道哥伦布和加勒比海的伊斯巴纽拉岛是殖民时期的历史内容——但我还是不禁频频转头看他。他的谨慎细心令我印象深刻，他从背包、纸箱和袋子里面拿出东西，一一放在铁柜和箱子上，细细检视了之后再将东西放在该放的地方。以他这样的年龄，竟然如此珍惜自己的东西，实在令人讶异，他甚至连手帕也一一整齐折叠好。他拿起荷兰奶酥，立刻先请我吃一片。由于我没拒绝，所以他又放了几块在我的本子旁边。他把书和笔记本平放在折叠桌上之后，便照着我的建议，把空箱子和袋子放到阁楼储藏室那两张没人睡的婴儿床旁边。现在，房间里只剩我一个人，我瞄了一眼他的书，真不敢相信我看见的书名，那是一本字典和一本芬兰语语法书，另外还有一本芬兰日常用语的小册子。我翻了一翻小册子，正尝试要念出有一整句那么长的生字时，阿纳回来了。过了一会儿他说："我现在要念芬兰语了，汉斯。"

自从某一次放长假去了芬兰之后，他就开始学芬兰语。那次，他父亲带着他一起航行，他们的近海动力船停在船坞时，他一直跟着父亲；其实他早就打算学芬兰语，打算自学成才。不过我说芬兰语根本一点用也没有，如果他非学外文不可，我建议学英语、俄语或西班牙语都行。他不解地看了我一会儿，然后说："我要学芬兰语！就算是为了拓夫，我也要学。"他认为自己有义务学会他的芬兰朋友拓夫所使用的语言。他们共同分享了很多事，甚至曾经一起去一座林木蓊郁的小岛上扎营。他希望有一天能够用芬兰语写信给这位难得的好朋友。他说，英文，我已经会了。

是的，阿纳，你始终信任我，当你表明你的信念、决定和意愿时。当时的我却只从自己的角度去思考，刚开始我还不时摇摇头，全凭个人喜好认定你很怪异，但是我很快就明白了。没多久之后，我从我以前的老师伦威兹博士那儿得知他对你的看法。有一次他来家里拜访，他对父亲说，你是他教过的学生当中最特别的一位。是的，他毫不迟疑地肯定你有学习外语的特殊天分。而伦威兹博士自己在语言方面的天分也很惊人，他精通四国语言。

为了不打扰我写作业，阿纳坐在折叠桌边，打开本子。他只是静静地坐在那儿，连一页也没翻动过。当飞船发出轰隆隆的声响，拉着一家港口汽车轮胎店的广告板越过空中时，他也没站起身来，只是瞥了一眼窗外，然后再看看我。就在这个时候，我看见他眼中的泪水，他的双唇颤抖，全身打战。我走向他，问他怎么回事，是否有我可以帮忙的地方。他举起袖子抹抹脸，试图挤出微笑，然后突然抓住我的手，颤抖地说："你可以信赖我，汉斯，永远都可以。"

他没放开我的手，于是我拉他起来，推着他到窗户旁边，指着覆盖白雪的拆船场，场区里一台吊车正在轨道上移动，发出叮叮当当的警示声。我说，下面可热闹了，如果你有兴趣的话，我们可以去那儿好好翻一翻，说不定会发现什么对你有用的东西。他没回答，只是一直注视着那台吊车：吊车手臂上挂了一具灰色救生艇，摇来摆去，不停晃动——真是老顽固，还在抵抗，不愿臣服于这一趟空中旅行。我说，小船大概也报废了，放在那下面的东西全是废物，不过偶尔还是有人会来这里买东西，水泵、抽风机或是船桨什么的，用以替换老旧的机件。有一次爸爸还卖掉了一整套的船舱厨房，卖给马戏团的人。你一定不相信，一艘老旧蒸汽船拆解之后，里面什么都有。阿纳抬起头，望着切割火刀迸溅出的火花：在远处的水中，他们正在切割剩余的船舷，几乎快吞噬到船底。就在这个时候，他说了一句话，听起来似乎在自言自语："我们的'信天翁号'沉了，在卡特加特海峡遇到风雨。"当时，我真希望他能多说一些，能够信任我，对我说出只有他自己知道而独自承受的事情。但是他沉默了，我也没继续追问，因为我不想刺激他。我指着拆解下来的部分船体，问他知不知道沉船的时候，有多少东西不见了，有多少珍宝沉没在海底深处，永远不见天日。我念了几个船名，像"飞翔号""安德烈雅·朵丽亚号""史黛拉"，甚至发生事故

的"爱沙尼亚号"，一切全随之沉入海底。我说："谁
知道还有哪些东西随着你们的'信天翁号'一起沉下
去了。"说完这句话，我马上就后悔了，因为阿纳垂
下双眼，不知道在沉思什么，他的脸上露出一种绝望
而专注的神情。我一只手臂环着他的肩膀，带他走
到我的小矮柜边。柜子后面的地板上有我从拆船场搜
集来的东西，我偶尔也会拿出来掸掸灰尘；那儿放了
一个有框架的厚玻璃灯笼、一只指南针、两个保存良
好的红白相间的救生圈、一面三角信号旗，还有一叠
海图。阿纳若有所思地蹲在我的神秘宝藏前面，我告
诉他哪些东西是从哪一艘破船弄来的，但是他几乎没
注意听我在说什么。当我要他从其中选一样东西的时
候，他吓了一大跳，不可置信地看着我问道："真的
吗，你说的是真的吗？""当然，"我说，"不用客气，
不过那把信号手枪不能给你。"他蹲在我的收藏品前
面，要选一样东西。他审视端详，摸了又摸，决定了
一样东西之后，随即又放了回去。他先拿起了一组船
运公司的信号旗，接着眼光落到了老旧的测程仪上
面，最后他双手捧着测程仪，表示想要这样东西。"我

们船上也有一个。"他这么说着，"也有一个像这样的板子、缆绳和玻璃。"他玩弄着松开一段缆绳，在地板上拖拉板子。我发现他真知道如何使用这些东西。阿纳，那东西一直都还放在那儿，你把它放在床尾，放在你想放的地方，我们一直没去动它。

有一次维珂来我们的房间，没敲门就直接进来了，然后一屁股坐在我的摩洛哥坐垫上面。她盘坐在那儿一句话也没说，只是若有所思地看着阿纳。阿纳看见维珂来了，高兴极了，迫不及待地要介绍他收拾好的东西：这里，在铁柜里面，已经放了……箱子里面，你看，这些鞋子……三角柜里面以后要放本子，还有……维珂对他指给她看的东西，丝毫不为所动，反而对他的姿势、动作和说的话很感兴趣，尤其是他说的话。她就这样一直不停地跟在他旁边。他递给她一包饼干，她视而不见，还是继续盯着他看，研究他的脸。他再一次请她吃饼干，就在这个时候，维珂突然问："你真的死过？"话一出口，她就知道不应该问这个问题，她惊慌地看着我，看来她也被自己吓了一跳。她想圆场，试图减轻这个尖锐问题的伤害，她慢慢说道："你知道的，有时候我什么也无法感觉的时候，我就会想，这是不是就是死掉的感觉。"阿纳平静地站在那儿，怯生生地微笑。我看他似乎不想也无法回答维珂的问题，至少不是在这个节骨眼儿上！但是他和我不一样，他似乎不认为这个问题很失礼，或是该受谴责。我叫维珂离开房间的时候，他很吃惊，我看得出他有些难过。维珂当然也看出我对她很失望，也很生气，因为她竟然忘记了我们承诺过的话。她很听话，没和我强辩，走的时候还对阿纳挥挥手，表示歉意。阿纳弯身对着测程仪，慢慢地拉出一段缆绳，问了一个令人意外的问题："你觉得我们能变成好朋友吗？"我说："这还用说吗？我们现在不就是了吗？"我很感动——是的，我只能说，我很感动。

就这样，阿纳，你来到了我们家，你带着你的柔顺和耐性，开始了我们共同生活的岁月。这些年，只因为被我们奉为圭臬的游戏规则和真理，对你而言并不具有相同的意义，所以你经常让我们不知所措，甚至质疑你到底能不能成为我们的一分子。

　　我听见父亲的脚步声，我想了一会儿，考虑是不是该把测程仪放进纸箱，以表示我已经开始打包阿纳的遗物了。但是我始终无法下定决心，于是我转身面向门口，等着父亲进来。他带来一张照片。他站在那儿，手里拿着那艘近海动力船"信天翁号"的放大照片，相框还是他自己做的。他看到空荡荡的纸箱和皮箱说："看来你也没多少进展。"我说："是的。"他走近空无一物的箱子说："照这样下去，你大概得弄到半夜了。""或许吧！"我说，"这些都要整理。"他说："没错，有不少东西要整理、思考。留下来的东西，不是拿一把扫把就能扫光的。"他让我看他手上那张照片，上面是"信天翁号"的侧面，它在炙热的阳光下航行，经过棕褐色的岩丘。父亲表示，这是他们的船，阿纳一直想要这张照片当生日礼物。"不过要弄到这张照片也不是一件容易的事，这是一家瑞典船运公司帮我弄来的。"我站到他旁边，觉察到他的双手在微微颤抖。他的手指因为痛风结节而变形，呼吸中透露出他喝了苹果酒。我说："很美的一艘船。"他接着说："但是我再也无法将它交给阿纳了。"父亲坐在阿纳的板凳上，他搓揉眼睛，点燃烟斗，然后又回到这一张照片上，他说："那时候，他们的船行经奥斯陆峡湾，一年之后，却在卡特加特海峡沉船。"我说："阿纳告诉过我，他们遇到了暴风雨。""什么暴风雨！"父亲说："普通的暴风雨根本难不倒他们，那一定是惊涛骇浪才吞噬了整艘船。当大浪退去，船再浮起的时候，却因为重心不稳而翻覆了。不，汉斯，绝对不只是普通的风雨，一般风雨根本不是阿纳父亲的对手！"

"他是一个水手，一个足以为人表率的水手。我知道我在说什么，我们在海事学校就是好朋友，我们一起登上三桅帆船'伊丽莎白实习船'，他以极优异的成绩拿到证书。赫曼很清楚自己的船有多棒。"接着，他的手指抚触照片，似乎在寻找什么，他轻敲"信天翁号"上层船舱的底部，断断续续，我听见父亲迟滞的声音说道："两艘竹筏，一艘救生船，这里！你知道吗，这些应该够了，他们不过才三个人在船上，只要再多一点点时间，他们就能全部逃出来。但是一切是那么突然，他们根本来不及解开小船和竹筏。"我说："但是阿纳的父亲还是成功了，他是唯一获救的人。""是的，"父亲说，"赫曼得救了，或许在船沉的时候，他及时松开一艘救生船或竹筏，抓住缆绳，或许吧！"他不断复述自己的推测，或是想厘清自己也不清楚的部分，他无法解释的部分。他摇摇头，用忧郁的眼神看着我。随后他站起身来，缓慢而疲惫，倚着墙缓步走着。一阵干咳摇撼他的身躯，似乎想警告他什么，他轻握拳头敲打几下胸部。"算了，汉斯！"他说完话，本来打算要走了，却在阿纳的窄书架上发现了一本小册子。他小心地取了出来，打开，然后又合上。"这不是他的遗物，"他说，"这本《信号学》是我的，是我借给阿纳的。""我知道，他告诉过我。他借这本书是为了学摩斯密码。"我边说着，脑中已泛起当天早上的情形。那天，阿纳决定要找一本信号学的书学习摩斯密码。前一天夜里，他整夜睡不安稳，双脚不断敲打，低声呻吟，还问了好几次我在不在。隔天他就有了这个想法。我想知道他学这个打算做什么，而他只是耸耸肩，说他也不知道，但总有一天、或许总有一天会派上用场。然后他低声说道：

"所有知识总有一天会有用的，不是吗，汉斯？"

当我告诉父亲，阿纳只花了两天时间就完全学会了摩斯密码，他似乎一点也不惊讶。只花两天时间，阿纳用自创的一套方法就学会了——照他自己的说法是：先用眼睛扫描符号和文字，然后将扫描的东西以自己的方式解说几次，来回反复问答，一直到对答如流为止。"就是这样，"父亲说，"我们的阿纳就是这样，看过的东西永远不会忘记，会跟着他一辈子。"

他离开房间之前，再次深深地看了"信天翁号"一眼，然后将照片放进箱子，同时说道："这算是一个开始吧，接下来还有不少事情等着你做呢！"他的身影在房门明亮的背景映照下，显得多么伛偻而疲惫。《信号学》从他手中掉落，他费力弯身去捡，一言不发走了出去。

这是他的毯子。我没把他的苏格兰毛毯放进纸箱，因为那太占空间了，我只是折好放在床尾；我想或许还有其他笨重或大型的东西要放进来，到时候会需要更多空间。我打算把毯子绑成一个小包之后，和皮箱、纸箱一起放到储藏室去。我猜这条毯子应该是从出事的旧船"亨利耶特体操选手号"那儿来的。自从有了这条毯子之后，你睡觉时终于不再冷得发抖。之前我经常听见你在半夜打哆嗦，经常看见你一大早站在我面前，缩着肩膀，皮肤突起鸡皮疙瘩。我等了好一段时间，才终于等你说出口，你的毯子不够暖。不过，我和你盖的是同一种毯子。

我说，我们去找普诺好了，普诺那里什么都有。我拉着他去这家两层楼的卖场，里面的东西依用途分类堆放，举凡从废船拆解下来的东西，这里通通都有。卖场前面停了很多车，还有两辆小卡车和老旧的破车。一如平常购物时间，卖场里面挤得水泄不通，顾客撞来碰去、拉拉扯扯、东敲敲、西打打、吵来吵去；我们得让位给一个船舱柜，还得弯身经过高高举起的椅子之下，并从一连串叮叮当当的铝锅之中抽身。我一只手放在阿纳肩膀上，终于杀出一条通路走向楼梯。一路上还被瞪、被咒骂了好几次，才走到了卖场管理员敞开的办公室。普诺和我们简短地打了一下招呼，很友善，但是他警觉的双眼一直没离开过顾客群：一群人在讯号旗里翻来翻去，或是拿着六分仪对着窗户，或是仔细检视报废的雨具。他说："嗯？你们俩？"我把阿纳介绍给他，他微笑着说："我知道，我知道，这是我们的神童，你父亲都告诉我了。"

普诺的体型壮硕，他请我们吃桌上的蜂蜜糖，同时不信任地注意着顾客的动向。他指着一样放在桌子下的东西，一只手工锻铸的脚镣，上面还连着一粒铁球。他说，你们看，这东西藏在从库页岛运来的"卡如亚号"的机房里，可是我先订下来才弄到的。不过这样的装饰品现在已经不流行了。阿纳问，那脚镣是真的吗？普诺表示肯定，那是真的脚镣，大概某个人被铐住，拖着它工作、睡觉，说不定死的时候都和它形影不离；他还在考虑要出什么价钱卖。阿纳摸一摸脚镣，衡量了一下铁链，举起铁球掂掂重量，然后小心翼翼地放下，仿佛担心会弄痛什么人的样子。

普诺对我眨眨眼，问道："你们有什么特别想要的东西吗？"我说，我们想买一床被子，阿纳需要一床好看又暖和的被子，睡袋、毛毯也可以。他带我们走到放寝具的架子边——床单、被套，旁边还有枕头和毛毯——正如挂牌上面写的一样：均已清洁消毒。一个黝黑的男人站在架子前面，三个小孩子围绕在他身边，他似乎也想买一床被子。如果我没看错的话，他应该已经决定了，因为他从那一堆东西之中抽出了一条绿色厚粗呢毯子，大概打算先给孩子们看看。他还没来得及摊开毯子，普诺已经走近他身边，说了什么很抱歉之类的话，可能是说这条毯子是非卖品，或者已经有人预订、卖出去之类的话。普诺从他手中接过毯子，直接拿到阿纳面前，他信誓旦旦地说，你有了这条毯子以后，再也不会觉得冷，这条毯子曾经温暖了一位老船长的冰洋之旅，另外它也够大，可以对折两层来盖。"嗯，你觉得怎么样呢?"是啊，阿纳，我看得出来你的眼神游移，你看了那位黝黑男子一眼，他站在那儿，还弄不清楚到底怎么回事儿;你又看了普诺一眼，他拿了最好的毯子给你。我看见你的脸上露出犹疑的表情，同时转身走近货架，你的手缓缓抚触货架上折好的被子，碰触到那一条棕色苏格兰毛毯的时候，你停了下来，若有所思地以手指抚触它的材质，感受它的柔软，轻触捆绑毯子的深色弹性皮带。
然后你点点头，恳求地看着普诺说：这个，我想要这
一条毯子。虽然卖家普诺想说服你接受他的建议，但
你还是坚持你的决定。于是普诺要你在签收单上签
名，那是你这辈子第一次签名。

阿纳肩上扛着卷好的毯子走在我前面，健步如
飞，一路扛着战利品回家。途中有一次他转头看我的
时候，踩到了一个小水洼，而他只是微笑，一点也不
在意。回到家，走在去房间的楼梯上时，毯子另一端
打到他的背，他也丝毫不以为意，兴冲冲地往楼上
去。等他把精心选购的毯子放在床上，平整摊开的时
候，他才想到普诺没带我们到柜台付钱。他问这条毯
子要多少钱，并且建议我们立刻回卖场，付清该付的
款项。其实只要有我父亲一句话，根本不用付一毛
钱。不过在我告诉他这件事之前，我好奇地问他有钱
付吗，他不发一语地打开小三角柜，伸手进去摸了一
下之后，似乎找到要找的东西了。他翻开一本存折递
到我眼前，阿纳拥有八百四十马克。我显然表现得太
过讶异，让他发现了。他很高兴能让我大吃一惊，他

说，那是十岁的时候，祖母为他开的户头，后来她便定期存入一笔钱，不过里面有二百马克是他得奖赢来的。他没花过什么钱，其中最昂贵的一笔花费是用来买芬兰语字典。

他的信任让我感动，他不认为有对我保守秘密的必要，反而事事坦然，告诉我那些和他有关的事情——至少在我们最开始共同生活时是如此。他指着存折上面的存入金额说，他祖母住在不来梅一间养老院，不时会汇入一定金额，从未间断，通常都是二十马克。在邮局汇款单上她永远写着同样一句话，那是一句告诫，一句叮咛：好好照顾自己，阿纳。在他把存折收入三角柜之前，他要我答应他一件事，所以我只好答应他，若是需要用钱的时候，一定会第一个告诉他。我们勾勾手！

这些都是他日积月累搜集、储存、保留下来的自认有价值的东西！阿纳刚来我们家的时候，只要一只纸箱、一只皮箱、一只袋子和一个儿童背包就足够装下他所有家当，但是在打包他遗物的时候，这些经年累月无意间慢慢增加的东西已经装不下了。他连最微不足道的小东西也不愿丢弃，或许他觉得有一天还会用到，或许他只是纯粹想保存下来，缅怀曾有过的回忆——回忆对他寓意深远的经历，回忆他所感谢的人。不过我怎么也想不透，他为什么要保留这一条约一臂长的马尼拉绳，这一把刀刃断裂的弹簧刀，还有这个褪色的彩绘葫芦呢？我把这些和其他东西一起放进纸箱，一如我把极占空间或是无法确定价值的东西，都先暂时放进纸箱里一样。

我多希望能再多看一眼他的成绩单，那无疑是我们学校学生当中最棒的成绩单了。但是我却怎么也找不到，显然他都寄给祖母了，可能是想好好保存，或是想让祖母知道他的情况，但绝不是想被称赞，更别说是讨奖赏。不过，他没把这张奖状寄给祖母，而是折好放在一本写字簿里。这张手写的奖状是阿纳参加全校作文比赛获得第二名得来的。我抚平这张奖状，放进他的小皮箱里，上面压了几本簿子，其中一本簿子里也有阿纳你参加作文比赛得奖的文章。我为什么会这么清楚？那是因为我在校庆那天，代替你朗读完了这篇文章——至少最后一部分是我念的。

当天我们全到场了。阿纳的班级导师伦威兹老师特地邀请了我父母来参加颁奖典礼。那天我在操场入口等他们，而他们则穿上最好的衣服来到学校。我们一路上遇到几位老师，我介绍了一下，他们也微笑着打招呼。我带他们走到大礼堂，虽然不是富丽堂皇，但是通风良好。校长督德克先生不但和他们打招呼，还陪我们走到第一排预定的贵宾席。第一排那儿已经坐着几对家长，他们好奇地打量我们，随即露出理解的微笑，因为彼此的期望和骄傲都是一样的。阿纳被安排坐在我父母中间，而我则坐在母亲旁边，维珂和拉斯坐在我们后面，也就是第二排。

学生们从两个入口拥入，一路碰来撞去，打打闹闹走到座位上。此时，华纳先生，也就是我们的拉丁文老师，走到我们前面。他轻碰了一下阿纳的下巴，然后伸出手和我父母握手，并说道："真高兴认识你们！"他表现出一副欣慰的样子，有阿纳这样的学生，夫复何求。虽然他才教了阿纳几个月而已，但是他敢说，他对阿纳的期望可是超过对一般学生的。他还开玩笑地补充说："说不定哪一天他会成为拉丁文老师呢！"

全校学生合唱团演唱了两首春天的歌，但是掌声不算热烈，接下来是督德克校长致辞。他先向学生家长问好，然后说明举办这次作文比赛的目的，也就是希望学生能从中学习如何观察事物，并将看到的事物精简成优美的文句表达出来，提升自己的文字能力。他表示：现在全市都笼罩在港口周年庆的气氛中，这当然是现成的作文题目，可以把这个事件当成写作素材来处理——他用的是"处理"这个动词——因此，委员会那时一致通过以"港口周年庆"作为比赛主题，而最后得到的成果，更出乎意料让人眼睛一亮。接着他请得到第一名的克莉丝塔·玛腾上台领奖。克莉丝塔是我们班最漂亮的女生，她在口哨、欢呼和拍手声中，从容地走向校长。途中她还回头向观众挥挥手。她轻轻甩一甩头，把头发甩到后面，然后微笑着接过奖状，登上讲台，一如流程安排，她开始朗读她的作文。她自定的题目是《眼中的宴飨》：风呼啸而过，笼罩在风雨之中的一切事物飞上桅顶，船帆上映着夕阳余晖。她念得很辛苦，结结巴巴，仿佛在朗读一篇佶屈聱牙的陌生文章。没多久，坐在我后面的拉斯小声说："念够了吧，我们还要听别人的呢！"虽然她念得很普通，但是掌声热烈。台上为获奖人准备了三张椅子，她念完便坐在其中一张椅子上。

念到阿纳的名字了。母亲赶紧拉好他的毛衣，对着他点点头；父亲轻声叮咛他："要慢慢念，知道吗？"在稀稀落落的掌声中，他接过奖状，其间还看了我一眼。然后他走向克莉丝塔去恭喜她，接着向观众深深地鞠躬，走上讲台。原本后面几排的学生还在嬉笑喧哗，但是等阿纳不看稿背出开头几句之后，他们立刻安静下来。他的题目是《在起重机驾驶的小屋中》：他以清亮的声音将句子传送到每一个人耳中，充满自信。我从未见过这样的他，我们两个单独在房里谈话的时候，他的声音听起来永远是那么胆怯、害羞和压抑。

从起重机的玻璃驾驶舱往外看——他从高处开始描述"港口周年庆"，没有生硬的引言和赘述，直陈双面观点——首先，他看到风雨，看到妆点节庆旗帜的船坞和桥梁，还有交错的渡船；然后他望向我们这儿的黑色系绳桩，肢解的"法玛古斯塔号"散落其间，那是从"出卖灵魂者"身上拆解下来的甲板。远方的一处拆解码头旁，有一艘敏捷的白色香蕉轮船，宛如一座雪山般闪耀，船上嘉宾簇拥。在它旁边，一架起重机刚把一具沾了油污的引擎机具放在附近的陆地上。在他的文章中，鞭炮声贯穿风雨，船笛响起，其间还交杂着战舰的怒吼。在这些狂怒的声音之中，他将港口小汽艇放在传统的航行比赛之中来描写。阿纳的作文中，有碾磨声、机械隆隆声、呼啸沉吟声。在笛鸣的地方，聚集了强壮的赛跑选手们；之后一群脱缰野马般的赛跑者在薄雾之中抵达终点线。接下来，他将注意力转向一艘停在我们附近的锈迹斑斑的三桅帆船，船上穿着工作裤的男人们正在松解牢牢绑在上层船舱的救生筏，把它们拉扯到船舷栏杆边，然后丢过甲板。那些男人大笑，因为救生筏扑通掉入水中，本来站在船上要捆住救生筏拿上岸的男人被溅了一身水。阿纳停住了，没继续往下念。

到目前为止一切都还好，但是他突然停了下来，抬起头，像是淋成落汤鸡一般苦笑。他开始颤抖，身体晃动。我看得出来他呼吸困难，因为他颈部的血管勃起，嘴唇开开合合。他的双手紧抓住讲台边缘，显然害怕跌倒。第一排座位一阵惊慌，而后排那些年轻学生却开始嬉闹。阿纳，我还记得你求助地看着我，似乎没注意到校长在对你说话。他的手放在你肩膀上，但是你的眼光只落在我身上。我从你的眼神中看出你的无助以及你急切的恳求。母亲碰了我一下说道："你得去帮他，汉斯。"于是我走上台，扶你下来，坐在父母之间。他们拍拍你，表示赞许你的表现，然后摸摸你的头发，在你耳边轻声说了些话；而我则走上讲台，征得督德克校长许可之后，继续念完你最后的作文。我可以感觉到讲台下面观众的漠视，不过我还是把它念完了。我念出你写的关于"美国海军老鹰号"的段落：这艘高耸入云的巨大航空母舰停靠在港口，带来庆典的祝贺。航空母舰的连接桥和管制室高高地耸立于水果仓库之上，甚至比起重机还高；穿着白色军服的水手排成一列列，夹道欢迎；振翼的飞机宛如一只异形昆虫，一架架排列在甲板上；

航空母舰像水牛犁田一样，缓缓顺易北河而下，成千上万的观众站在河岸上挥手道别。最后，阿纳提到我们的自由落体高塔，重重的铁球从塔顶咻的一声落下，经过重力加速度，可以压扁"法玛古斯塔号"笨重的金属部分，把它们压成容易运送的金属块。装运的时候，谁也看不出这些东西曾经是一艘船的一部分，曾经载着希望航行于海上。

我没注意到掌声，或许是掌声太过稀疏，而且仅来自第一排那些大人坐的位子。我握住校长伸出的手，他谢谢我。接过了阿纳的簿子和奖状之后，我随即下台，回到我们家人旁边。此时，阿纳的导师伦威兹先生已经站在他们旁边，并和我父母取得了共识。我还没来得及坐下，他就领着我们大家走向门口，只有一直叽喳不停的维珂和拉斯还坐在原位。他领着我们穿过走廊，然后打开教师休息室的大门。干瘦驼背的导师带阿纳来到一张庞大的旧沙发前面，要他坐好，若有所思地看着他的眼睛，诊他的脉搏，然后拿来一杯水，要他喝下去。母亲摸摸阿纳的额头表示，没发烧啊！我走近他身边，他看着我，我对他说："就我而言，阿纳，你根本就是第一名，相信我吧！"他毫无反应地看了我好一会儿，我又重申了一次我的看法，他微笑了，试图要坐起身来，伦威兹先生扶了他一把。父亲问他：好一点了吗？阿纳却回答：奖状呢？我把奖状和作文簿拿给他看，同时建议暂时先由我保管，等回到房间之后就还给他。他同意了。

一直等到阿纳去洗手间之后，伦威兹先生才请我们坐下。他很抱歉，教师休息室没什么东西好招待我们，没有咖啡，也没有果汁，虽然他在壁橱里面找到一碟饼干，不过他并不想拿上桌。他看着阿纳坐过的沙发，似乎有话想说，但又吞了回去。他摇摇头，然后轻声问道："他走得出来吧？"父亲说："没问题的！"停顿了一会儿之后，父亲缓缓说道："他需要时间，或许要花上好几年，但是他一定能走出阴霾，至少我们是这么想的。"伦威兹先生接着说："就我所知，你和阿纳的父亲是好朋友。"父亲说："是的，我们在海事学校就是好朋友，我们什么都聊，但是从没谈过他会如此绝望，最后竟然走上这一条路。我真的不知道。"伦威兹先生点点头说："你把他带到身边，已经仁至义尽了。对阿纳来说，经过这场不幸之后，没有比这样更好的做法了。""对我们来说，这是理当该做的事情。"我的父亲说道。接着他担心起今天大礼堂发生的情形，询问过去是否也曾经发生过类似的情况，或是曾有过突发状况——阿纳仿佛失去意识的情形。导师表示的确有过，他说这种情况偶尔会发生——我看得出来，他在安抚我的父母——例如在课堂上抽到他回答问题时，如果全班都在等他说出答案，所有人都盯着他看的时候，也曾经发生过类似状况。不过他很快就恢复过来，不再颤抖，呼吸也能恢复正常。母亲听到这段话之后，松了一口气，她问阿纳在班上是不是已经进入状态，能不能跟上进度，虽然她知道阿纳很认真写作业，但这并不表示他一定能跟得上。伦威兹老师表示："关于这点您可以放心，因为阿纳不但跟得上，而且表现突出，十分优异，我还提出建议要他跳级就读，就算不能连跳两级，也该跳一级。甚至连他的体育成绩也都在平均水准之上。"

伦威兹老师停顿了一下，想了一想之后告诉我父母，阿纳很有外语天分，这样的天分应该要好好发挥和鼓励——听说他自己就精通四国语言。他说："我们在委员会中达成共识，阿纳是个特例，他需要一套量身定做的学习课程，一套特别计划。只不过我们这里并没有适合他的特殊学校，所以我们考虑是不是该为他设计一套特殊课程。"虽然我也相信，人若是被低估了，其实也可能是件好事，因为这么一来能掩藏住某些问题。母亲表示："如果阿纳跳级就读，或许能和维珂念同一班，这样对两人都不错，汉斯，你说呢？"我说："至少他们两人的课表是一样的。"

阿纳回来的时候，看起来轻松多了，不再那么难过，脸色也不像朗诵作文时那样惨白。看来他洗过脸了，因为他的衬衫上面沾了水滴。但我也看得出来他哭过，他骗不了我的。当他知道伦威兹老师建议要带全班去我们那儿参观，让学生看看拆船场的实际工作情况时，他很兴奋。他信心满满地说："汉斯，你一定要带我们到处看看，这一定比上个月去的邮局分信中心和市立烘焙屋有趣多了。""你也可以带同学参观啊，阿纳，"父亲对阿纳说，"这段时期你也熟了，知道报废船只最后的下场如何，而且每个场站你都看过了，你早就是个小小拆船工了。"但是阿纳却说，汉斯懂得更多。父亲说："你放心好了！"同时向伦威兹老师保证，欢迎他和班上同学来参观，并且立刻约好时间，两人都希望当天有个好天气。

走廊上人声鼎沸，脚步声杂沓，我们知道大礼堂的典礼结束了。阿纳挤出去，想知道谁得了第三名，但是母亲拦住他，认为阿纳应该先回家。伦威兹老师也同意她的看法，表示愿意陪我们走到操场旁边的停车场。啊，阿纳，他们看见我们走过闹哄哄的走廊，看见你的导师走在前面，于是在你背后开始窃窃私语。虽然那些都是小小年纪的男生，但是他们彼此碰来碰去，咯咯偷笑，这让我觉得心痛。我走近他们，抓住那两个人的脖子，把他们的头互相对撞。旁边传来讽刺的掌声、骂声、口哨声，原来是克莉丝塔来了。她走向你，在你的脸颊上飞快地留下一个吻！但是更让我心痛的却是，当我们走到操场时，撞见了拉斯、维珂、彭斯威和一些其他朋友，他们一群人兴奋地站在那儿。彭斯威是模仿高手，很会模仿校长说话的样子。他们笑得那么开心，很吸引人，我们本来想走过去加入他们，但是他们似乎看出我们的意图，随即一哄而散。或许不用说一句话，不用任何动作，只要轻轻叹口气，他们就全走光了。我想叫回他们，至少喊回拉斯和维珂，要他们恭喜阿纳，但是伦威兹老师一直把阿纳拉在身边，边走边和他说话，所以我想这次算了，下次再说吧！坐进父亲那辆老旧奔驰柴油车之前，阿纳要回了他的奖状和本子，他坐在前座，母亲坐在后面。伦威兹先生重复了一次户外教学的日期之后，他们便开车回家了。你的导师和我慢慢走回学校，起初我想这一段路我们大概没什么话好说，因为他看起来沉默寡言，瘦削的脸上露出沉思的表情。走到撑着长篙的摆渡人雕像前面时，他毫无预警地停了下来，看着我问道："他会和你谈吗，汉斯？阿纳提过那一场不幸吗？你不一定要回答我，如果你不想说，我可以理解。"我说，我们没谈过那场不幸，在我们家里已经说好不问他问题。有时候半夜里他醒过来，充满恐惧，把头埋进枕头里哭。那时候我很想问问他，因为希望能够帮助他，但是我想到我们的约定，就什么话也没说。通常不要多久，阿纳就会再睡着。伦威兹先生转身面向校园，说了些话。听了他的话，我除了觉得欣慰之外，更知道我肩负了一项任务。他说："汉斯，阿纳有你，真好。"

　　打从我们同住一间房间以来，阿纳从没有偷翻过我的东西，一次都没有。他不会去打开抽屉，翻开本子，甚至连我放在桌上的船箱，他也不会去动它。从他来之后没多久，我便开始写日记，虽然时间不久，但是他也从不曾偷看过我日记里的秘密。虽然我们两个人共住一室，但我完全没必要告诫他，要求他，或是教导他，每一个人都必须有自己的空间，一个私密空间——对阿纳来说，这些事情根本就是理所当然的。虽然这些承诺从未说出口，但是阿纳恪守不渝，我也一样。现在我收拾着阿纳的遗物，反而觉得有罪恶感，有一种破坏友谊协定的感觉，尤其碰到那些他妥善保存的东西时，我觉得自己就像个窃贼，侵入他的世界、他的梦想、他不为人知的希望。

　　褐色的塑胶套里面有尺子、铅笔和橡皮擦，上面还有一只圆规，那本来是我送给维珂的——她后来才承认把它转送给了阿纳。"因为想不到该送他什么。"那时候她生病了，得了流行性感冒，她不但是我们家感冒接力赛的最后一棒，也是最急最猛的一个。照她自己的说法是，阿纳去看她的时候，她什么也没准备，还在睡觉；睡梦中感觉到有人来看她，站在床边一直看着她。刚开始她还指责他没敲门就潜进房间，然后才请他坐在板凳上，想知道发生了什么新鲜事。毫无疑问，她是想知道彼得·彭斯威的事。阿纳还是一直盯着她看，据维珂说，他的眼神很怪异，完全不一样，尤其是当阿纳突然问她，可不可以摸她额头的时候，她觉得他很怪。本来维珂想说，你又不是我妈妈，但是最后她还是同意了。阿纳的手放在她额头上，静静不动，直到维珂说"你应该够了吧！"为止。

我们当中没人看不出你多么喜欢维珂，多希望获得她的特别友谊和青睐。她也看出来了，或许她是最后一个看出来的，因为最后她也无法忽视你为了讨她欢心而做的那么多事情。你多么期待能获得一丝友谊，就算只是善意也好。是的，阿纳，她很清楚你的关心和心意，很清楚你会满足她的愿望和期待，那一天下午也是一样。你坐在她床边，要求摸她，只不过是把手放在她的额头上。她很清楚，你绝对不会拒绝她的问题，所以她又再一次问了你们家发生的那场不幸，问你还记不记得死亡的那一刻。谁知道她会追问得那么深入，她的好奇心实在太强，强烈到打破我们曾经承诺的约定。但是她很失望，因为阿纳告诉她的，一点也不精彩，说了等于没说，她只听到这么多而已。

那一天，阿纳一如平常搭学校巴士回家，一如平常，吃过饭之后，坐在桌子前面写作业。然后他必须去港口一趟，那边有四艘绑好了固定在那儿的俄国捕鱼轮船，全都要用一种从未见过的雷达机具拆解。他想去那边和水手谈话——他经常这么做，坚持到最后绝不放弃——或者只是听他们交谈也好。他对陌生语言很感兴趣，也很兴奋，但是他还是不被允许登上捕鱼船。回到家，他盯着大姐烤饼干，还帮大姐一起在滚平的面团上压出形状，把小星星、幸运草和兔子放在铁板上。晚饭时，全家人聚在一起，阿纳的父亲笑着谈这些捕鱼船，说他们在海里捕的鱼，比在外太空捕的还少，他们打算带回家的东西根本不能吃。吃完饭，阿纳回到自己房间，躺在床上读他最喜欢的一本书《塞德维拉人》。他很快就睡着了。等到他醒过来的时候，一张陌生但友善的脸出现在他身体上方，他听见他们不断说话，但是他什么也听不懂。

这就是维珂知道的全部，也是阿纳信任她，用来讨她欢心的表示。但是她无法保守秘密，偷偷跑来我这里——她还在生病呢——告诉我她知道的一切。她穿着睡衣，盘腿坐在我的摩洛哥坐垫上，一边说着，一边满心期待地看着我。或许她期待我也有和她一样的失望反应，从她的声音听得出来，她对阿纳叙述的内容很失望。

我提醒她，别忘了在阿纳来之前，我们曾经答应过的事情。我指责她不应该违背承诺。虽然她还病着，但是她口无遮拦说出这些话，还是应该受到责骂；至少也要让她知道，我有多生气。维珂不但表现出一副认错的样子，还快哭了。不过才一会儿，她就开始为自己辩护。她这个样子，我倒是一点都不意外，维珂从不会心甘情愿接受指责，或是承认是自己的错。她驳斥我对她的指控，突然说：不要说了，你不要再说了，我对阿纳的认识，比你们全部人加起来还多。你们想尽量不去问他，我们大家都尽量避免谈到他的不幸，可是你要相信我，当我问他那件事的时候，他完全没有惊讶。他很平静地坐在那边，告诉我他知道的所有事情，全部事情。然后他看着我，好像谢谢我聆听他说话的样子。维珂说了这些为自己辩驳的话之后，似乎在等着我反驳，以为我会再次责骂她。但是我不想和她吵架，只叫她快回到自己床上去。她听了我的话，拖着脚步走向房门，在她离开之前，她还告诉我，她把我送给她的圆规，送给阿纳了。照她的说法，是阿纳向她要一样东西，一样属于个人的小东西，因为她一下子想不到其他的，一时之间也没看到别的什么，所以就把圆规送给了他。她怕自己被骂，就先发制人地说：谁叫我的铅笔盒那么大，什么都能放进去啊！

那个夜视望远镜是从一艘报废的拉脱维亚货船

"玛卡洛夫号"上弄来的，阿纳每天晚上都会拿着它探寻拆船场和蔬果仓库，观察易北河上驶来的船只光点。啊，阿纳，我还记得那艘船被拖来我们这儿，固定好，然后准备拆解。我看见你站在木桥上，盯着拉斯的小橡皮艇，看他缓缓划桨，划向"玛卡洛夫号"。那时候，小橡皮艇上不只有拉斯，维珂和彼得·彭斯威也坐在他旁边。在船首掌舵的是欧拉夫·窦兹，他曾经在我们的水道上落水两次，都被救起，其中一次还是在冬天呢！天色渐暗，我看见他们直直地往舷梯前进，然后将小艇停在那儿，我就知道他们打算做什么了。

阿纳没听见我过来。我把手放在他的肩膀上，他抖了一下，想往后退缩；我叫他别紧张，要他一块儿坐下来。我们坐得很近，脚在空中晃啊晃，看着他们把小艇绑紧，然后爬上大船。虽然黑色的船舷很难辨认出人的移动，但我们还是能隐约看见他们爬上甲板。等到完全看不见他们之后，我问阿纳："你不想和他们一块儿上船吗？""当然想！"阿纳轻声回答，"但是他们不想让我一块儿去。拉斯不想，彼得·彭斯威不想，他们认为，我对他们一点用也没有。"阿纳低下头，我看得出来他们的拒绝对他造成了多大的影响。不仅如此，我还看得出来，他们排斥他，不让他参加团体活动，他心中有多难过。他们不想让阿纳加入他们的团体，不想让他成为他们的一分子，不想就是不想。我之前根本没想过要去那艘破货船上探险，但是在看见货船梯板上倏忽而过的灯光时，我站了起来，拉过系泊在岸边的橡皮艇。我推了推阿纳，说："来吧！"他毫不迟疑，立刻登上了小船。在我们出发之前，我从码头边上的一个铁箱子里面拿出一条缆绳和一个手电筒，我当然没忘记要拿一件救生衣给阿纳，然后由我执桨划出去。

水面上，野鸭戏水，队形松散，鸭子们抬起头来，不把我们当一回事，自顾自地吵了起来，然后叽叽喳喳上了岸，离那一片泛起的泡沫并不太远。我们停在小艇旁边，停妥之后，阿纳表示他想留在小船上等我，担心其他人看见他违背他们的意愿上船，会讨厌他。他说："汉斯，如果我上去了，他们一定会不高兴的。"我好不容易才说服了他，让他在我前面爬上去。没听见其他人的声音，我们飞奔过甲板，找到了通往船舱的通道，往下走就能进入"玛卡洛夫号"内部。阿纳紧紧跟在我身后，生怕会跟丢了。我拿着手电筒，一边走，一边照着墙壁、舱壁以及货舱内灰尘满布的甲板，这里没什么好拿的。船舱里面，冷风飕飕，还充斥着煤油的味道；海浪拍打船舱的声音，咕噜作响；不知道哪儿在滴水，水始终滴个不停，一直滴到"玛卡洛夫号"寿终正寝的那一天为止。我不小心撞倒了一个锡壶，只见它乒乒乓乓往船艉轴隧那边滚去。在快速闪烁的灯光下，我拿起一条沾满油污的工作裤，它被遗忘在管线上，僵硬的样子宛如被吊死在那儿一般。

他一直想拉住我的手。"走吧，阿纳。"我拉起他的手，拉着他一起往前跑，拉着他跑到桥上。我们先在通讯室里东翻西找，然后到船舱厨房。厨房里面有一个老旧的炉子，阿纳随便看了一下，在里面发现了一个油纸包裹的夜视镜。他递过来给我，一脸不可置信的样子："你看，汉斯，这个东西竟然被藏在这儿。"我说："很可能是有人想占为己有。"我恭喜他找到这个"大发现"，同时建议他走上甲板去试试这只夜视望远镜的效果。他立刻同意，并把望远镜挂在胸前。在船舷栏杆旁，他拿起望远镜放在眼睛上，对准那艘停放在船坞的雄伟巡航舰的上层，船上灯火通明。阿纳很兴奋，结巴地叙述着他看见的东西："她叫'圣塔露西亚'，汉斯……有工人在船桥上……有烟囱，还有涂层……你看！"他把望远镜递给我，要我确认他看见的一切，随即又把望远镜拿回去，然后又发现了新东西，又要我看一看。就这样来来回回，我们不止一次称赞这个望远镜的清晰度。

如果不是听见了其他人的声音，我们一定已经走回橡皮艇上，划回岸边，更何况阿纳一直催着我回去。但是他们的口哨声、笑闹的叫喊声，着实让我们觉得好奇。最后我们走回桥那边去找他们。他们在船长室里面，好几只手电筒的光束朝天花板照射，反射的光线照亮了整个船舱。维珂和彼得·彭斯威紧靠着坐在一张皮沙发上；拉斯正试着把一段红白相间的编织绳子绕在欧拉夫·窦兹的手腕关节上打结。桌上摆着他们的战利品，有铁锤、螺丝起子、捕鼠器、脏兮兮的信号旗，就只有这些东西了。他们不情不愿让出位子给我们，他们本来不打算让别人知道，也不想有观众在场。我看见维珂和彼得·彭斯威的手腕关节上都绑了一条红白相间的绳子。

阿纳把他的望远镜放在桌上："你看，我找到了什么！"他们既没看他发现的东西，也没看他一眼。不过当他拿起一小段绳子，试着绕在自己手腕上的时候，拉斯立刻冲向他，一把拉下绳子。"别动它，听见没！"拉斯警告意味十足，"那不是给你的。"接着，他对着我们两人说："或许你们还没发现，你们在这里不受欢迎！"阿纳迟疑了一会儿，然后不可置信地看着拉斯，看着我，似乎期待我说些什么。但是就在我准备开口说话之前，他挤过我们身边，离开了船舱。他不管我，自顾自往舷梯走去，摸索着往下爬。我好不容易赶上他之后，他登上了橡皮艇，我递给他望远镜，他只是拿着，一言不发。划向岸边的途中，他把望远镜抱在怀中。走回船场的路上，他一次也没试用，没拿来瞭望大船坞、蔬果仓库，也没瞭望昏暗的"玛卡洛夫号"。回家之后，我没继续跟着他，然而他什么也不想吃，不想喝，只想回到我们的房间，一个人静一静。

餐桌上依旧摆着晚餐面包。我一进去，母亲就问起阿纳，她已经帮阿纳抹好面包，还在他的餐盘旁边放了一根香蕉。阿纳不想吃饭这件事让母亲很担心。她问："他出了什么事吗？"我骗她说，他只是太疲倦，累了而已。为了不让她担心，我自告奋勇把他的餐盘拿上去给他。父亲坐起身，不小心弄倒了自己的苹果酒，他随即又倒了一杯，然后指着他前方的一封信——显然他之前想了又想——他认为，我也该有权利参与一些事情。"这件事该让汉斯知道，不是吗，爱莎？"母亲点点头。他吐露说，这封信是阿纳的祖母从不来梅寄来的，她决定把自己继承的一间小房子送给阿纳，但是阿纳必须等到成年的那一天才能真正拥有。这其间，她希望我父亲担任遗嘱托管人。她还补充说，这栋房子没有任何贷款，屋况也很好。至于租金收入，就先给我们当作照顾阿纳的谢礼。

"你说呢，汉斯？"我问："他已经知道了吗？"父亲表示："只有你知道这件事，我们希望你不要告诉别人，连阿纳也别说。等法定时间到了，他自然就会知道了。"虽然他们看起来心意已决，但是仍想听听我的意见。我告诉他们，如果现在就告诉阿纳所有事实，似乎太早了一点。他们露出满意的神色。母亲说："我们必须让这些事离阿纳远一点，凡是会对他造成负担的事，都要远一点。"接着他们又以信任有加的态度，问我们相处的情况如何。他们想知道他和维珂、拉斯相处得如何；还有学校功课做完之后，他都做些什么事情。母亲甚至还问到他睡觉的情形，不过关于这一点，我倒是一点也不意外。"他现在睡得安稳一点儿了吗？"他们会这样问，并不是没有原因。我听得出他们的担心，为了要让他们安心，有些事情我并没有说。

我吃完饭之后，拿了给阿纳的盘子和面包，上楼走回我们的房间。阿纳并没有躺在他的床上，而是坐在折叠桌前面写东西，望远镜压在芬兰语课本上面。他没有吓一跳，也没急着遮掩他写的东西，或是赶紧塞进书本底下——不像那次他写信给维珂的时候那样——他用眼神对我示意，同时把手从格子簿边缘拿开，然后又看看这封刚开始提笔的信。他正要写信给拉斯，没什么重要或大不了的事情，只不过是一张他打算附在望远镜里的小纸条。纸条上面写着，他很愿意把"玛卡洛夫号"上面发现的望远镜送给我弟弟。他并没写任何理由，只是提到如果拉斯能收下的话，他会很高兴。

我知道阿纳你心里是怎么想的，但是我也可以预见，即使你这么做，你们之间也不会有任何改变。我试着劝你改变心意，说服你先保留望远镜一阵子，把它放在窗户边，想用它的时候就能拿来用，看看外面发生了什么事，不论白天，还是夜幕低垂。因为我也是为了我自己向你请求，所以你放弃了计划，把望远镜放在窗边。

阿纳住在我们这里期间，望远镜一直放在那儿。我们经常把它放在眼睛上，找个景点，确定方位，拉近距离，然后靠近目标，看看发生了什么事情，有时我们也会追踪神秘事件的发展过程。只要我们拿起望远镜，所有事物立刻真相大白。渐渐地，这成了我们

的习惯：起床后，上床前，先拿起望远镜探寻外面的
世界，检视一下四周，绝不放过任何蛛丝马迹。有时
候，阿纳看得比我多，有时候他发现了什么东西，连
我也无法确认那是什么。他从不乱说，就算是幻想的
情境，也不随便乱说；他想象着在拆船场岸边维修的
航行号志灯，在暮色中移动的圆柱浮桶、鸣号浮标和
响铃浮标。

我迟疑了一会儿：该不该把望远镜放进阿纳的遗
物？我才拿起望远镜，不自觉已被拉到窗户旁边，就像
平常一样，视线慢慢越过平原和水面，轻掠过市区上空
的光晕。我没发现什么特别的事物，如果这时阿纳站在
我旁边，我也没什么好告诉他的。我拿了阿纳的一件无
袖毛衣把望远镜包裹起来，放进纸箱里面。过了一会
儿，我又把它拿了出来，放回窗边的老位子。

看看这些曾经属于他的东西，似乎他还在这儿。
我只要随便拿起一样东西，放在灯光下，就能听见他
微弱的声音。有时候我甚至感觉到颈边有阿纳呼吸的
气息，差一点就要喊出他的名字，和他说话。因为他
爱惜每一样东西，样样井然有序，这也迫使我小心谨

慎，把他的东西整齐摆好。我没办法把东西随便丢进纸箱里，或是塞进皮箱。每一样东西都要小心包好，拿袜子或运动衫垫在这里，或是塞在那里。这是一种很奇怪的强迫行为，但我却不得不屈服。他的书放在折叠桌上面的书架上，他其实没多少书，但是他经常阅读。我无法毫无选择地随便把书收起来，必须一本一本收好，还原它们之前摆放的顺序：《汤姆历险记》放在《塞德维拉人》旁边，《库克船长历险记》放在《罗马保卫战》旁边，还有他的字典、语言辞典我也放在一块儿了。他的书中全都夹了纸条、附注和参阅说明，我也让它们留在书页之间。在阿纳的拉丁文字典中我发现了一首诗，上面是我的字迹。我又读了一遍，试着翻译，之后又放了回去。

华纳，我们的拉丁文老师，当时给我们班这首诗当家庭作业。我觉得翻译这首诗很容易，我都已经上过第一册了，根本不用花多少时间就能翻译成德文。然而这首诗，我永远也不会忘记：

Sic vos non vobis vellera fertis oves

Sic vos non vobis mellificates apes

Sic vos non vobis fertis aratra bovis.

因为我比其他人晚放学，回到家也比较晚，因此午餐往往得重新加热。吃午饭之前，我走上楼回我们的房间，阿纳早已坐在书桌前面，就像平常一样，闭上眼睛，嘴里念念有词。我摸摸他的头发，他高兴地看着我说，芬兰的朋友拓夫写信给他，表示如果阿纳当时也能和他们一起乘大竹筏旅行就太棒了！这艘竹筏由一艘汽艇拖着，越过了好几座湖。"你能想象吗，汉斯，由上千根树干组成的呢！"他们在这艘大竹筏上面搭了一座帐篷，里面能睡四个人，另外还装了一块铁片，可以在上面生火煮咖啡。"我真想也能经历一趟这种旅行，最好能和你还有拓夫一起去！""如果我们下定决心，阿纳，一定也能做到！"我一边说，一边拿出书包里的东西，开始写作业。

我按照之前所想的那样开始翻译：绵羊，它的羊毛被取走；蜜蜂，是为了让人取走蜂蜜。虽然我能翻出字面意义，但是我却看不出这首诗的目的何在，真正意义究竟在哪里。为了不干扰到阿纳，我静静地坐在那边；阿纳也停止念念有词，几近无声地翻阅他的词汇本。虽然他很专心做自己的功课，却还是感觉到我遇到了瓶颈，然而他并没有打破沉默，只是转过头来看着我。我们目光相接，他对着我微笑。以前我从没咨询过他的意见，也从未对他显露出不安。但是这一次，我用手势表示遇到了问题：我很疑惑。这样就够了！他站起来，走近我，一只手放在我肩膀上。他没问能不能看一看，就弯身靠近我的作业本，小声地念出这首拉丁文诗。刚开始有些结巴，第二次念的时候便很通顺。其中有两个词我得翻译给他听，他重复念道"羊毛""犁"，然后又念了一遍。当他看见我的翻译初稿时，他摇摇头，表示不同意。他认为我的方向不对，建议我再翻一次，至少要听出写这首诗的原因和动机何在！

阿纳，你认为这首诗是控诉或诉苦，因为某人有权利拥有的东西，却被别人夺走；他理应得到的东西，却不能收获。你认为因为这个人不愿意提到任何名字，所以假借绵羊、蜜蜂和牛，因为这同样的情况一而再再而三发生在它们身上。这些动物自己产出的东西却不能保有——字面意义就是应该这样理解。

我们两个一块儿翻译这首拉丁文诗。我的翻译虽然不押韵，但是他还是很骄傲，仿佛赢了大奖一样。"对，汉斯，这样很好！没错，就是这样才对！"他说了好几次，虽然犹豫了一下，是不是该换一种译法，不过他少有质疑。随后他慢慢念出我们最终的成果：

      Sic vos non vobis vellera fertis oves

      （你们背负着羊毛，噢，绵羊，不是为了你们自己）

      Sic vos non vobis mellificates apes

      （你们制作蜂蜜，噢，蜜蜂，不是为了你们自己）

      Sic vos non vobis fertis aratra bovis.

      （你们拉着铁犁，噢，牛儿，不是为了你们自己。）

然后他离开我，走近窗边，往下看了拆船场一会儿。他突然出人意料地走向我，用开玩笑的语气朗诵着："你搜集词汇，噢，汉斯，不是为了你自己。"我还来不及谢谢他，维珂就走进来了，她问我是不是没听见她叫我，午餐早就已经热好了，也都摆好了。她没看阿纳一眼，只是强势地站在门边，等着我和她一起下去。我告诉她我们刚刚合力完成的工作，她只是以嘲讽的微笑反应。"快点儿，我还有事呢！"她不耐烦地说，对阿纳的问候也毫无回应。

她把我的餐盘放在炉子上盛菜，特地为我从汤里面捞出一些鱼块，然后把盘子放在我面前。她没对我说"祝你好胃口"，反而说："你快一点儿，我得在妈妈从城里回来以前把厨房收拾好。"盘子旁边的一个小木碗里面盛了调味过的南瓜，她不说一句话，一块接着一块叉起来吃，也留了几块给我。她看起来不再那么生气了，而是若有所思地看着前方。她突然站起身来，离开厨房。我听见她回到了自己的房间。她回来的时候，手上拿了一个蓝色的小纸箱，放在我前面，要我打开。在棉花垫上面，躺着一个闪闪发光的黄色珐琅蝴蝶，一个发夹。不用说，我知道维珂想要什么。我称赞这个小饰品很漂亮，然后拿了出来，在太阳光下翻转，让它反射光线。我招招手叫维珂过来，然后在她棕色的头发上替蝴蝶找到一个位置。我决定就放在那儿，真是好看！维珂一点也不关心戴上蝴蝶之后的效果，她把它拿下来，若有所思地小心放回盒子里。

我看见她忙来忙去，不知道在忙什么，但是我不想问，我要她自己告诉我。过了一会儿，她突然怀疑地打量起我，问我："是你吗，这个发夹是你送的吗？"这个小盒子是她连同邮件一起收到的，里面没有附上信件或是卡片，连寄件人也没写，上面的字体看得出来是花体字，不过看不出写字的人是谁。"这东西不是我的，"我说，"绝对不是，如果你不相信，我可以发誓。"不过她还是不停地自言自语：到底是谁寄给她这个小盒子呢？她一连念了好几个名字，我建议她，先大方收下这个礼物，等寄件人按捺不住，自己就会露出破绽。我当然也建议她，不妨戴上发夹。我对她保证，这是找出寄件人最好的方法。维珂相信我的话，于是马上走往走廊，把发夹固定在头发上。现在她终于想知道，我是不是觉得她很好看。我说："这个发夹配上你，真是好看极了！"

她把剩下的鱼汤盛给我——她也注意到阿纳只

吃了一份就不吃了，不过她也无所谓，开始洗碗盘，擦干，然后放好。她说，上次的拉丁文作业，她的分数比阿纳还好，拿到了"2"，"汉斯，阿纳只拿到'3'。"我说："他不是一向是你们班上最好的吗？""刚开始是，"维珂说，"只有刚开始的时候！他一来我们班，就变成华纳最喜欢的学生，每次都拿到'1'。后来就没这么好了，开始退步。甚至有时候他被叫起来，却想不出该怎么回答。"停顿了一会儿，维珂又说："我不认为阿纳还能再跳一级。"她说的一点儿没错，阿纳成绩退步。不过我认为这只是暂时的起起伏伏，我相信阿纳一点儿也不介意自己拿到烂成绩，因为他只想和维珂同班，其余的都不重要了。

我把餐盘递过去给她，谢谢她，也称赞她的发夹。她没理会我的赞美，只想知道，我和阿纳之前在房间做了什么。我告诉她之后，她惊讶地看着我，什么也没说，只是惊讶地看着我，她无法理解我竟然向一个自身难保的人求助。我说阿纳给我很棒的意见，我还说："华纳老师一定会很满意我的翻译。"维珂听了之后说："反正他对你们班的要求也不高！"

你，阿纳，你对华纳老师的批改一点儿也不在意，老师给我的翻译打了一个"2"的分数，你只是点点头表示知道了；再多说什么，你认为都是多余的！

我听出那是拉斯的脚步声。现在已经很晚了，他进来之后，碰我的肩膀打了招呼，然后走到我的床边，躺上去，点了一根烟。他们在楼下告诉他，我在楼上收拾阿纳的遗物，打包东西。刚开始，他坐在那儿不说话，看着我把周围的东西拿到手上，经过或短或长的考虑之后，把东西放进纸箱、小皮箱或是袋子里面。一只比目鱼标本——这条鱼看起来像是浅色皮革做的，是我送给阿纳的圣诞节礼物。我早已把它整齐地收纳在小皮箱里，我没拿出来，也没再提起过。我问拉斯对酒店专科学校的第一印象如何。拉斯已经完成学业，但是他差一点就得辍学，就像他那时候在海事学校得提早结束学业一样：他总是说老师和学长对他不公平。不过这次他想到了其他事，他想问问我对服务生这个工作的看法如何，在豪华邮轮上担任服务生怎么样。我无法从自身经验给他建议，只能想到我们的瓦伦廷叔叔，他在船上当服务生赚的钱，足够在汉堡附近的阿尔托纳买下一座小酒馆。"没错，"拉斯说，"我也想到了他！"他微笑着对我说："汉斯，怪不得你每次都能喝免费啤酒。"

我整理的时候，把阿纳的一些物品放在我床上：拓夫的来信、一些信封、我们的家庭照、维珂的图画、《易北河上的碎冰流》，还有一本阿纳的存折。拉斯拿起存折，随即翻开来看。我用眼角余光观察他，他似乎很震惊，有些不安，嘴唇动了动；他合上存折，但是随即又翻开，他指着一个数字，眼光盯着窗户外面，若有所思不晓得在算什么。他惊讶地从床上站起来，把阿纳的存折递给我："你看这个。"他发现了这些存款，发现了里面还有一百三十马克：这些钱，阿纳不想，或许也无法再用了。

"把存折给我！"我说，但是拉斯不愿意。我想告诉他，我们没有权利领取这些钱，这本存折是阿纳的遗物，就像其他遗物一样。另外我要他想一想，没有当事人授权，银行不会把钱交给我们。但是他并不这么想："如果我们不能领取这些钱，这些钱就等于留给银行，他们已经够有钱了。""把存折给我。"我又说了一次，他往后退了一步，还是不愿意交出。最后他很无奈，不得不听我的话，把存折往我身上丢过来。他很沮丧，而且一副受到侮辱的样子离开了我的房间。

如果不是拉斯，我一定不会打开这本存折，就会直接把它收起来。现在我翻开存折，很快看过这些数字，找到其中最大一笔支出。我不用多想，那年夏天的记忆便涌上心头：那是一个万里无风的假日，我沿着岸边的羊肠小径往外走去。这条小路很奇特，令人耳目一新，路上放置了很多航行标志等着欧拉夫·窦兹的父亲维修。那里有圆柱浮桶、鸣号浮标和响铃浮标，它们上面还留有过去在水中的岁月痕迹。浅绿色的干燥海藻和爆裂的藤壶、贝壳，颜色都已褪去。我一靠近，沉重的海鸥随即展翅飞离浮标。我跟欧拉夫·窦兹的父亲打了招呼，他正在处理布满坑疤的损毁浮桶。往斜面平台那边走下去，斜台旁边有一个加宽的木桥，声音就是从那边传过来的。拉斯、维珂和一帮朋友正用尽全力把沉没的老旧小艇拉上陆地。那是一艘黯淡无光、圆形骨架、平船尾的小船，从春天起就停在那儿了。他们全都穿着泳衣，又拉又扯这艘小艇，只有维珂蹲在船里，拼命往外舀水。小船的一边已经损坏得不成形，它曾被拖船擦碰或冲撞过，船尾也还留着螺旋桨的痕迹，叉着船桅的平台吊在半空中。自从出事之后，这艘小艇就系绑在桥边，主人已经把它让给欧拉夫的父亲，不过他没时间，也没兴趣吊起这艘残破不堪的小艇来修理。

我还没走上桥，就听见他们此起彼落地喊叫："快，抓住……这是我们的……你待会儿也可以……你先想一个名字……好了，快过来。"我建议他们先把小艇放回水里，再把平台车搬上轨道，推到水里，再把船体拖拉到车上就行了。我们把渗进小船里的水都舀出来之后，齐力绑上拖绳，绑紧，拉上陆地。为了避免台车往后滑，我用了一块枕木挡在车后。我们敲一敲，碰一碰，仔细研究骨架，最后得出结论：这艘毁坏的小艇必须整修。但是我们也得承认，单凭我们自己是绝对没办法让它重新扬帆航行的。不过对船的名字，我们倒是很快达成共识——至少没人反对彼得·彭斯威的建议，将这艘船取名"小维"。维珂想了一下——现在这艘船要以她的名字命名了。她爬进船里，抚摸舷缘，轻轻触摸破损不堪的空气箱，然后从甲板滑下来，展开手脚，仿佛要为未来先丈量一下尺寸。她站上平台，打算说些什么，但是她把话吞了回去，突然朝着航行标志那边猛力挥手，欧拉夫·窦兹的父亲也朝她挥手，阿纳也挥手了，他就站在破浮桶后面。"快过来，"维珂大喊，"我们要为这艘船举行命名典礼。"

命名典礼并没举行。窦兹老爸沿着船边检查，他的手放在这儿，吹了一声口哨；手放在那儿，吹了一声口哨；抬起脚踢一踢船尾，没吹口哨。他检查完四分五裂的骨架之后，建议我们最好先暂停计划。他认为没办法很快把船修好，也不相信我们有能耐让小艇再度启航。只有像克劳思·托德森这种很懂船的人才有办法修好，他以前是造船师傅，他打造的船到现在还能走呢！"你们暂时先别动这艘船。"窦兹老爸说，他表示愿意找机会问问克劳思·托德森，但是他也告诉拉斯，整修恐怕得花一点钱，至少得出材料钱。至于多少钱，他现在也不能确定。彼得说："我们一定会成功的！"随即伸出手要扶维珂从船上跳下来。维珂问："到底什么时候能为这艘船命名呢？"窦兹老爸说："等到船确定能航行的时候！"

他走回航行标志那边。这群没耐心的船主人们立刻开始猜测修复得花多少钱。每一个人都开始清点身上的现金，看看能拿出多少钱，至于我，他们没打算要我出。拉斯收齐所有钱，算一算，竟然有一百马克！他不敢相信，又算了一次，但是他也开始担心，不知道这些募集来的钱够不够。阿纳也没被要求出钱，或许他们认为阿纳没什么钱吧！或者他们也想让阿纳早一点儿知道，他并不属于他们那一群，不要期望以后他们会接纳他。但是阿纳还是主动要出钱，此时他们面面相觑，有些迟疑，不知道是不是该欣然接受这项提议，然而他们又下不了决心拒绝。显然他们打算让拉斯去做决定，但是拉斯似乎打算慢慢来，最后只说了这么一句话："再看看吧！"拉斯一声令下，他们全冲往桥上，纵身一跳，跳入水中游泳，然后挤成一团，把别人压到水里。其实，维珂游得比其他人都还好，但是她仰躺在水面上，故意让欧拉夫·窦兹来"救"她，然后是彼得·彭斯威。他们一直要我们也跳下水："快，来嘛，水很温暖呢！"阿纳摇摇头，乐得让他们泼湿。维珂打算拉他的脚，他蹲了下来，不让维珂把他拉下水，他宁可滑倒也不愿跳下水。当时我还不知道阿纳根本不会游泳，所以不管别人怎么鼓励他，嘲弄他，甚至讥讽他，他都不为所动，静静地接受一切。反正我也被他们嘲笑讥讽了一番，所以也无所谓了。

他们爬上桥，肚皮朝天，躺着让太阳晒干身体，而我则打算走回家。我还没走上羊肠小径，阿纳就已经跟在我后面跑了过来，挽着我的手。我很喜欢你这个样子，有时候挽着我的手，赶着小碎步，诉说着我们一起看见、听见的事情。但是这一次你并没说别人的事情，而是做了一个决定，你要我帮你一起完成一件事：陪你一块儿去储蓄银行，现在就去，就搭下一班公交车去。

我没想到阿纳的思虑如此周到。他并没有立刻拉我进储蓄银行，而是先站在橱窗前面，一副对橱窗陈列的两只储钱罐很感兴趣的样子，又看看挂牌的汇率和股票消息。与此同时，他也踮起脚尖往储蓄银行里面的柜台偷看，虽然两个柜台都在忙，不过只有寥寥几个客人。等其中一位较丰腴的年轻男职员离开座位，穿过一扇门，消失在后面之后，阿纳碰了我一下，轻声说："现在，去那个女的那里，她问的不多。"我们站在那位女士面前，她还在服务一位年纪很大的老先生，清点钱，一一数给他看。阿纳把存款簿握在手里，那位女士似乎认得阿纳，朝着他微笑。她很快看了一下存款簿里的数字，然后问阿纳需要什么服务。阿纳看了我一眼，然后说："领钱，一百马克。"那位女士的脸上露出一丝不确定的表情，至少我有这样的感觉：她似乎等着我的确认。她抬起目光看着我，这时候，阿纳突然说话，这也是他第一次这么说："这是我哥哥。"他说了这句话之后，也没多说什么。他领到钱了，好几张小面额的钞票。然后他把存款簿放进衬衫领口里面，让它滑下去，确定落到肚皮上后，对我眨眨眼："走吧！"

为什么他不把修船的钱亲自交给拉斯呢？我大概猜得到他怎么想的。他在公车上把钱递给我，没说要我做什么，他甚至也不愿意陪我走到其他人那边，只说他还有书没念完，会在房间等我。他站在家门口看了我好久，还对我挥挥手。没过一会儿，他又出现在我们房间的窗户边，透过玻璃看着我。我知道他放心不下焦急等待的事，我决定不再让他陷入不安。

在我帮他完成愿望之前，我看见了老窦兹，我朝他招招手，他正在把废浮桶漆成绿色。他一走过来就提到阿纳，他说听过一些他的事情，也承认第一次和他谈话的时候就很喜欢他。"他比实际年龄早熟，"他说，"你们的阿纳将来一定不同凡响。"他点点头，重复最后一句话，另外还说，他很惊讶这么年轻的孩子竟然这么懂事，知道这么多事情。他也不讳言，他觉得阿纳很奇怪，因为阿纳会把耳朵贴在浮标和浮桶上，静听一会儿之后，仿佛听见了熟悉的声响，有时是倏忽刮起的风，有时是海浪。他不知道该如何看待这样的事情。"我不想阻止那孩子这么做，"他说，"但是你也该知道，这让我有点儿担心。"我一边往桥那边走去，他一边说着。现在桥上只剩下维珂一个人躺在那儿晒太阳，其他人忙着在岸边捡浮木，打算天色暗的时候生火用。我对拉斯招手，要他过来，我把钱交给他，完成了阿纳的托付。

我走在楼梯上就听见阿纳开门的声音，他让我走进去，认真地看着我，但是他不敢开口问我。他迈着轻缓的脚步跟在我后面，走到我床前，一如往常谦顺地站在那儿，仿佛等着宣布判决结果。"你应该一块儿去，"我说，"你应该看看他们哑口无言的样子。他们不敢相信你愿意出那么多钱，另外他们也很惊讶你有这么多存款。他们根本不敢相信这是真的！"

他松了一口气，也很满意。过了一会儿，他问："拉斯确定了处女航的目的地吗？""还要一段时间吧，"我说，"这艘船得先整修，谁知道托德森要花多久时间才能修好！"他说："船修好了之后，我们要先帮它举行命名典礼。""当然！"

卡陆克在这一块小胶合板上面绑了七个最重要的船结，但是他没马上送给你。在你取得他信任之前，他很可能不动声色观察你很久了。卡陆克是一个强壮但沉默寡言的人，他只和父亲说话，从不和我们说话。至于你，阿纳，他也不想和你说话，至少那天傍晚，你站在他面前的时候，他看起来是这样。卡陆克住在砖砌小屋中，里面有他的床和自己打造的工作台。

卡陆克坐在一张有软垫的三脚椅上，看得出来这一定也是船长舱里面的东西。他正在编织一个什么彩色的东西，所以不方便别人走近。阿纳站在那儿，刚开始只是静静看着，思索那是什么东西。因为卡陆克从未回答过他的问题，所以他也放弃了发问。我很惊讶他竟然能够压抑好奇心这么久，不过最后他还是按捺不住，蹲了下去，指着编织好的成品，想知道那是做什么用的。卡陆克还是不回答，一个字也没说，他似乎好不容易解开一个绳结，然后又小心翼翼编起来。阿纳从一个箱子里面拿出剪裁好的一段绳子，试着依样画葫芦，但是没成功。于是他坐到地上，观察卡陆克的手指，同时不断说话，然而卡陆克还是保持沉默，只是偶尔抬起头来看看，偶尔露出微笑。

阿纳对于沉静、粗犷的卡陆克的种种了解，全是我告诉他的。有一天傍晚，我们从窗户望向一片荒凉的拆船厂，突然看见一只手电筒的亮光闪烁着，亮点从拆船场的某处越过船底朝天的救生艇，穿过锻铸厂到工厂。我说，那是卡陆克，是父亲雇的守卫，他又开始巡视场区了。这些都是我告诉阿纳的，那天晚上我还告诉他卡陆克坐过几年牢，被放出来之后就直接找到我们这里来，和父亲彻夜长谈之后，就被雇为守卫。至于其他的事情，我也没多说，或许我也暗示了卡陆克只和我父亲一个人说话。

通往卡陆克客厅和工作室的门开着，一只半驯服的野猫坐在门槛上等着主人喂食。阿纳站起身想叫猫咪过来，但是它却躲到一块腐朽的舢板后面。阿纳犹豫了一下，似乎在卡陆克的小屋里发现了什么，他未征询卡陆克的允许，便径自往里面走去。我敢肯定，卡陆克一定会叫他出来，他会做手势让阿纳知道，里面没什么好看的。但是令我惊讶的是，卡陆克先把手边的编织做完，把成品放在一张椅子上之后，就从容地往阿纳那儿走去。他们并没有立刻出来，反而在里面待了很久，比我预期的还久，我简直无法想象，这么久的时间里他们竟然什么话也没说。其间他们出现在窗户旁边一下，卡陆克拿起了一样什么东西，看起来像是一块彩色的抹布。我一看就知道，卡陆克正在对阿纳介绍他的努力——重现古老结绳文字，并将它融入编织之中，呈现在世人眼前。

他也曾经给我看过他苦苦研究的成果。那是一个雷雨交加的日子，我在他的小屋下躲雨，他招手要我进屋去。他墙上只有一样装饰品，那是一幅常用航海结绳的图表。一条绷紧的绳子钉在与胸齐高的墙上，绳子上挂了相同大小的彩色布，相距不等，各绑了绳结，有些甚至绑了一串结。另外有些布上面也绑了玻璃珠，或是褪色的贝壳。他容许我碰触这些布，但是当我想从绳子上取下一条的时候，他做出了不允许的动作。他的工作台上放了几片小胶合板，还有几捆上了蜡的绳子，这些绳子是用来编船结放在小装饰板上，然后放在普诺店里卖的。我知道卡陆克试图要重现秘鲁的结绳文字，那曾经是一套完整的沟通工具。不过，这不是他告诉我的，而是父亲告诉我的。他什么也没解释，只是让我用眼睛看，时间到了，他就用动作告诉我，外面雨已经停了。不过他也没说欢迎我再来。

阿纳一直没出来，我可以想象和卡陆克这样阅历丰富的人在一起，有很多值得看、值得听的事情。过了一会儿，猫咪回来了，一副受到鼓舞的样子往里面看，它站在门槛上，仔细倾听，然后踏入屋内，前脚交叉坐下来等着，似乎要证明自己的耐心。我等得越久，越觉得不安。我的担心来得莫名其妙，甚至想走近卡陆克的小屋，走到窗户前面去。天色渐渐暗了，他们两人终于出来了。阿纳手中拿了什么东西，他一直看着它，还喃喃说了道别的话。他手里拿的不是之前卡陆克送他的小胶合板——他复活节时收到的礼物——而是一个类似皮革的灰色布。他一出来就迫不及待要我看："你看，汉斯，你看我有什么，你一定猜不出来！"

你很兴奋，真是不可思议，你竟然完全没注意到我的惊讶。你把布递给我，轻轻触摸固定在上面的独特绳结，你想告诉我这是有魔法的绳结，这可是卡陆克告诉你的：据他所知，这些魔法绳结是以前北方的水手向圣人买的，据说绳结里面藏了风，据说还可以把绑在绳结里面的风释放出来。不过卡陆克也不知道当初买的价钱。

阿纳对这份礼物本身的惊喜，远大于对卡陆克所描述的绳结魔力的。他屡屡把布拿到灯光下，对着绳结摸来摸去，他的求知欲让他一刻也闲不下来。看起来他很珍惜这块布，得替它找一个地方好好保存——果然也只有放存折的三角柜能中选。他打开窗户，伸出沾了水的食指到空中；他盯着支流的水看，高耸而立的吊车灯静静映照在水中；他屈身向外，让一张纸条落下，看着它缓缓飞入黑暗之中。我知道他想要做什么，我果然没猜错。他沉浸在无风寂静的暮色中，过了一会儿，他坐到我身边，若有所求地看着我。"要不要试试看？"他轻声说，"我们不用把魔法绳结完全拆开，只要一点点，解开一点点就行。"我问："如果真有风呢？"阿纳回答："那就立刻把绳结绑紧。""好吧，我没意见！"

绳结很难解开，我们没办法用手指，只好去拿我的图钉帮忙。我把尖细的铁钉头小心地插进打结的地方，使力，慢慢弄松它。此时阿纳已经靠在窗户旁边，充满期待。突然他大叫一声："快来，汉斯，吊车下面的灯！你看，它在动，它在轻轻摆动。"我走到他身边，他抓住我的手，我可以感受到他的惊讶。"你看！"他要我注意看水面上的吊灯，"你看见小水波了吗？"他拿过那块布，想看我把绳结解开到什么程度，若有其事地测量我松开的程度，然后轻声说："没错，汉斯，这个魔法绳结里面真藏了风，而我们已经释放了一小部分。"然后他抬起头问我："你也看见了，不是吗？"我不敢让他失望，至少在这个时候我不敢。这是我第一次骗他。我向他证实，我也看见了风释放出来的结果。我说："你要妥善收好。"同时我也建议他，绝对别让强风释放出来，尤其是拉斯和维珂在场的时候。我承认我只是勉强接纳他的幻想和他当时所感受的一切，那是我无法碰触、也无法接近的部分。他把布放好之后，又走回窗户边。我问他，现在空中、水里是否回归平静？他说："现在一切静止不动。"

　　当他叫我走到他身边的时候，我以为他又要我确认迅速出现的寂静，但是他并未指着吊车灯或是水面，反而要我注意看下面、房子前面。就在走廊往外照的亮光之中，有一个身影，是我的母亲站在那儿。她一动也不动，眼光看着远方的街道。"是爱莎婶婶，"阿纳接着说，"她在等人。"他毅然决然转过身走回来，仿佛做错了什么事的样子。他不再观看，而是走回自己的书桌，然后他挥挥手要我走过去，他想请我帮他挑选生日礼物。阿纳的祖母要他自己选一样生日礼物，而他只有一个愿望，就是一套百科全书。"汉斯，除非你认为一套三册的百科全书就够了，否则我想告诉祖母，我要那一套五册的。"我们一起研究了他弄来的广告简介，最后我建议他还是要五册的百科全书比较好。正如他沉静的作风，一天夜里，他把书放在我的书架上——如果我早知道，他会默默把这些书送给我，我就会给他别的建议了。

阿纳本来打算马上写下他的生日愿望，但是此时母亲也进来了。她没看我们，只是进来问我们知不知道维珂人在哪儿，看见她没。维珂答应她七点会回家。但是我们不知道维珂在哪儿，于是母亲没多说什么便走下楼去，连房门也没关上。没多久，她又站在大门前，面向街道。阿纳忘了原本要做的事，或者他打算晚一点儿再写下生日愿望。他走到窗户边，不但很紧张，而且是很投入地观察在等待的母亲。现在他知道母亲为什么要站在外面了。我毫不怀疑他会等到最后一刻，等待总是令人焦急，他不想别人跟他说话，偶尔把一只手指放在嘴唇上。

他认为他看见了，等待即将结束。他发出嘶嘶声，让出一个窗边的位子给我。他小声说："汽车！"一辆开着头灯的汽车正慢慢驶离马路，开进拆船厂，越来越接近家里。车子停在锻铸厂前面，头灯熄了。母亲赶紧往汽车那边跑去，但是她又回头了，似乎犹豫不决。她往回走，停住，竖起耳朵仔细听。汽车里面点燃了一支火柴，母亲抬头往我们的窗户看过来，似乎松了一口气，或许她在考虑要不要叫我们下去，或许她只是想确定我们也看见了她看见的事情。在工厂后面，卡陆克的小屋后方，手电筒的亮光亮了一下，她不知道那是什么，不过我们很清楚，那是卡陆克准备巡视场区了。

就算在车里也看得见这个亮光，于是汽车的头灯突然亮起，照亮整片地方，车门打开了，走出三个人。一个高大的男生和维珂握手道别，彼得在车灯前面亲了她一下。亮亮的车灯一直照着维珂，直到汽车倒车离开，她才又笼罩在黑暗之中。母亲动也不动地站着；而我得把阿纳拉进屋里，因为他的身体实在伸出窗外太远了。维珂边走边跳，无忧无虑地朝母亲走来，她走到母亲面前，似乎准备在被责骂之前，先为自己辩护一番。不过她要为自己辩护的话语却一点派不上用场，因为母亲才看了她一眼，就打了她一巴掌。我很惊讶，因为她从没打过我们。母亲又举起手，在维珂脸上挥下第二巴掌，由于刚才那一掌打得如此用力，把维珂的头甩向一边，所以母亲的最后一掌落在维珂的脖子上。阿纳嘴里念念有词，我听不懂他在说什么。当维珂冲进房里的时候，他也想立刻走到门边，但是我马上说："留在这儿！"他听了我的话，我们往下看母亲，她失魂落魄地站在那儿，似乎慢慢回过神来，想起自己刚刚在愤怒和失望下的举动。她的呼吸沉重，一只手捂住嘴巴，啜泣着走进家里。

你决定走出房间，阿纳，这次你不理会我的阻止。

你迅速走到外面，走下楼梯，站在维珂的房门前。一开始你犹豫了一下，把耳朵贴在门上，听了一会儿之后才敲门。你起先有点迟疑，后来敲得又重又急，还大声喊维珂的名字，连我在楼上都听得见。任凭你不断摇动门把，房门依旧紧闭，维珂把自己关在里面。

你很懊恼地走回我们房间，对我视而不见。你不知道自己现在究竟该坐回书桌前，还是上床。最后你走到窗边，望着窗外卡陆克的手电筒在黑暗场区一闪一闪。"你根本不必这么做，"我说，"维珂知道她为什么被打，她现在不会让任何人进去，连我也不可能。"阿纳说："我想，她哭得很难过。"我说："这样也好，哭过之后，她就能好好睡一觉。"他很惊讶地看着我，似乎对我的说法很不以为然，他要我设身处地想想，任何人在维珂这个时候都需要支持。他说："怎么能让她孤单一个人呢？""有时候这样反而是最好的方法。"我又问他，"难道你敲门的时候，维珂理你了吗？"他说："是的。"我问："她说了什么呢？""不要烦我！"我说："你看，她很清楚自己需要什么。"

当大卫·洛瑞第五次呐喊着"我恨我们这一代人"时，我再也受不了了。我站起身，走下去找拉斯。他正和衣躺在床上，一边抽烟，一边听着他最爱的音乐专辑。在我的注视下，他动也不动。我要他把音乐关小声一点，或者至少换张唱片也行，但是他却希望我再仔细听一会，并且注意歌词的部分。他说这是一首以吉他摇滚乐为衬底的战争宣言。"仔细听，"他说，"这首歌要向冲热水澡的人宣战。""我的天啊！"我说道，"那些冲热水澡的人哪里碍着你们了？"拉斯说："对洛瑞来说，他们是最差的，完全就是他所说的失败者。""冲热水澡的人？""没错，冲热水澡的人。"我说："我真的不懂。"我还是要他把音量关小，这次拉斯终于心甘情愿照做，然后他给了我一把椅子，递给我一根烟，问我整理和打包得差不多了吗。他没等我回答，就指着我手上的一个小小厚纸盒，敞开的纸盒里有个线团和一条红白相间的编织绳——拉斯和克里克曾经把这些编织绳戴在手上，表示他们是好搭档。拉斯说，你看，那是我们以前的辨识标记呢！他拿起编织绳，一副量尺寸的样子把绳子环绕在手腕上。"那个时候，我们腻在一起，"他说，"我们还开玩笑地说，没有人比得上我们。"我说："没错，你们知道彼此拥有什么，也知道你们为什么讨厌这个世界，一起排斥你们不喜欢的东西。""至少我们可以彼此信任。"拉斯说。

"那他是怎么一回事？"我问道，"就是阿纳，为什么你们无法接受他？你们不愿意，还是你们不信任他？他也够经常跟在你们后面了，你们要他做什么事，他全都做了，你很清楚的，他甚至还参加了你们的那项烂勾当，你们不敢做的，他都帮你们做了。"拉斯看着我，脸上露出意味深长的微笑，他斩钉截铁地说："他不一样，阿纳不一样，这么说好了，他不适合我们。"他拿下手腕上的编织绳，捏着绳子的一端，拿在手上轻轻摇晃。"这条编织绳不是我给他的，"拉斯接着又说，"其他人也不肯把绳子给他，对他们来说，他太奇怪了，就像一个特殊的圣人，他们不知道怎么跟他在一起。""他的编织绳是我给他的。"我说道。"你给的？"拉斯问着，他把烟熄了，站起身来。我说："阿纳生日的时候，我送了一只他一直期待的手电筒给他，我把手电筒装在一个小纸盒里，外面绑的绳子碰巧就是红白相间的编织绳。"最后我说："你继续躺着吧，继续思考那些冲热水澡的人！但是拜托，如果可以的话，音量调小一点。"

我拿走他手上的绳子，走回楼上。四周突然变安静了，拉斯很尊重我的意愿。我走近阿纳的床铺，那也是从普诺仓库弄来的，来自某一艘在这里被肢解的船。他曾经躺在这里——我的朋友，我的兄弟，那一场冰流意外之后，他曾经躺在这里休养。

那时冰流顺着易北河而下，滚滚冰块汹涌而至我们这儿的支流。一辆粗壮如牛的牵引机浩浩荡荡地把"拉波尼雅号"拖拉到这儿；在航行的值勤岁月中，这艘年事已高的大型渡轮的钢索曾经断过两次。而你，阿纳，和其他人一起站在码头，看着牵引机咯吱咯吱地把冰块挤到两侧，看着渡船被固定住，指挥权交由牵引机接管。你们和以前一样，迫不及待地想进行首度探险，希望能找到一些小小的战利品。

渡轮已经搁浅，为了够到"拉波尼雅号"的绳梯，大伙竟然大胆地站到冰块上。欧拉夫·窦兹带头，他的功力真不是盖的，他跳舞似的在冰块上跳来跳去。就在小冰块撑不住他的重量，几乎整个陷入水底之际，欧拉夫的脚矫捷地触碰一下冰块，借力使力，马上又跳到另外一块大冰块上。他的双手轻巧摆动以保持平衡，另外他也故意在小冰块上晃动，只为了炫耀他能多么轻松且优雅地前进。他笑着够到了绳梯，在往上爬之前，他鼓动大伙跟他一起来探险。于是大伙跟着他，不是紧跟着，而是彼此保持相当的距离，看着前一个人成功跳过去以后，后一个人才小心跟上。阿纳是最后一个跳上冰块的，他们没必要鼓励他，也没讽刺他，让他退却。在维珂跨出第一步，跳过冰块覆盖的河面之后，就轮到他了。他也顺着前一个人的脚步，小心翼翼地注意自己的步伐。

或许因为有易北河的支流汇入，抑或是渡船后方有船经过，冰块开始不听话地轻轻碰撞，时而浮上，时而倾斜，不停地晃动着，以致阿纳不知道下一跳能否成功。他站在一块小冰块上面，冰块因为无法承受他的重量，慢慢地往下沉。就像慢动作似的，当水淹到他的大腿时，冰块歪斜到一边，阿纳滑到了水里；

他并未沉入水中，而是把双手张开，撑在水面上，大声呼喊救命。我从望远镜里看到大家往他的方向移动，欧拉夫·窦兹急忙爬下甲板，跳上冰块。但我看见冰块的间隙越来越大，眼看阿纳就快撑不下去了。

我以最快的速度往下跑，当我来到水边时，父亲已经到了。他从码头边的钩子上扯下木梯，没拿绳子或船钩，只拿了梯子就从冰块上爬过去，遇到冰块间隙比较大时，他必须匍匐前进。一度下沉的阿纳又浮了起来。父亲趴在梯子上，用手拨开冰块，一把抓住阿纳的肩膀，使劲一拉，将阿纳从水里拉出来，然后把阿纳拖上梯子，带回码头。他跪在阿纳身边，让阿纳的脸朝下躺着，张开手掌平放在阿纳的背部持续规律按压，直到阿纳口中陆续吐出水来。这个时候其他人也赶来了，他们见状手足无措，并且惭愧得说不出话来。父亲将阿纳的身体翻转过来，将他额头上湿湿的头发拨到一边，不看我们一眼，便弯下身开始做人工呼吸。在父亲规律的人工呼吸之下，阿纳把头歪向一旁，睁开眼睛，咳嗽，颤抖着。他试着要起身，父亲用双手撑起阿纳，把他抱了起来，带他进屋。父亲不发一语，对我使个眼神，示意要我一起进屋去。

医生检查之后，确定阿纳没有任何重伤，只有一些冰块造成的擦伤，医生也松了一口气，同时建议他躺在床上好好休养。一开始你无法忍受一直待在家里，我总得一直告诉你，其他的人在做什么，外面发生了什么事。对你来说，这段休养时间过得实在太慢了。通常都是我给你送食物，但有几次是和维珂一起把药带上去。她觉得很奇怪，为什么每次她离开之前，你都要求她把一只手放在你的额头上。她因为觉得好玩，就也照着你的要求做。但有一次她似乎吓了一大跳，因为她说那次你看起来突然变老了——衰老的眼神、老迈的嘴巴。

如果没有什么新鲜事可以向他报告的时候，他会要求我念《白鲸》给他听，但往往没念几页他就睡着了——至少我相信他睡着了。然而隔天他却能把前一天听到的内容重复一次，或讲出大意。有一次在念书给他听的时候，我可以肯定他睡着了，有一只小鸟在窗外敲啄着玻璃，声音很大，把阿纳惊醒了，那是一只受到食雀鹰攻击的画眉鸟。我还来不及阻止他，他就从床上跳了起来，打开窗户。那只小鸟不仅留下了脚印，还在玻璃上留下了几根绒毛般的柔软羽毛。阿纳拾起羽毛，探出头去，却已经找不到那只受伤小鸟的身影。阿纳决定走出屋外，我当然挡在门前不让他出去。我把他推到床上去，威吓他不能这么做。他说，除非我答应帮他找到那只小鸟，他才答应待在房间里。他坐在床上等我的消息，"找到小鸟了吗？""没有，"我说，"那只小鸟早飞到九霄云外了。"

当阿纳高烧不退时，父亲经常上楼来。他无言地看着阿纳，摸摸他的脸颊，或坐在板凳上，他只是耐心地坐在那里，连口哨声也是冷冷的。有时候他会帮阿纳带一只梨或一块蛋糕上来，如果阿纳没办法马上吃掉他带来的礼物，他会叫我先保管着。只要父亲在这里，我就无法念书，也无法写字，因为我无法漠视他的眼神，也无法不去在意他隐藏在镇静态度下的弯曲身躯。不论他心里在想什么，还是害怕什么，在他脸上完全看不出来。当他为阿纳擦拭高烧不退的汗水时，他铁灰的脸上也看不出变化。即使外头下着雪，父亲站在街旁等候医生，然后带他迅速上楼来看阿纳时，他的表情也不曾透露出他心底的焦急。由于阿纳一直高烧未退，有一次父亲甚至一大清早就出现在楼上。他不发一语，因为他以为我们还在睡。他还没在小板凳上坐定，阿纳就轻声叫他过去。他们说话很小声，不想吵醒我，所以一开始我几乎听不清楚他们在说什么，但我逐渐听懂了。

我静静地躺在床上。阿纳想知道我父亲和他父亲怎么认识的。阿纳听说他们是一起参加三桅帆船"伊丽莎白实习船"之旅时认识的，他们还有一张在甲板上一起刷地板的照片。我的父亲听他这么说一点也不惊讶，马上找回了这段记忆。他忆起在海事学校受训的那段岁月：他和阿纳的父亲在受训的第一天发航海背袋时就碰面了。父亲说："我们从来没刻意想过要成为好朋友，或是认为未来会成为朋友。友谊是无法事先决定的。赫曼和我，我们都是大老远去那里，在那里相遇相知。但是我们可以肯定的是，如果有人在你身边，可以和你分享所有的事，大家一起合作，什么事都变得容易多了。"父亲稍微停顿了一下，接着说："我们俩之间其实也没什么默契，你懂我的意思吧，我根本不相信世界上有默契这回事。"阿纳说："你们曾经在同一艘救生艇上，在搜救人员找到你们之前，你们相依为命航行了十一天。"父亲证实了阿纳所知道的一切。某一次出海，他们在非洲最西端的维德群岛附近遇上了暴风雨，船在暴风雨中受损了，于是在船长的命令下，他们登上救生艇。刚开始，救生艇上有三个人，但是舵手伤重死亡，必须被丢到海里去。"是我做的，"父亲强调说，"十一天之后，一艘挪威的捕鲸船救了我们。"

由于我忍不住咳嗽，他们沉默了一会儿。之后他们的声音小到我几乎听不到。突然我父亲提高了音调，坚决地说："不是，阿纳，不，不是的。死亡没有什么特别的，也不用恐惧，只要接受它，就行了。"

阿纳十四岁生日那天，还是得躺在床上，但我觉得那天是他最快乐的一天。我们为他准备的惊喜成功了。那天，我借口要到楼下拿他的早餐上来。我走到楼下时，大伙已经集合在那里，连拉斯和维珂都在——他们没有违抗母亲的愿望。阿纳的祖母到了。我们事先没告诉阿纳，便把阿纳的祖母从不来梅的养老院接了过来。我的父亲叫她芙莉德莉克，她是个结实的女人，面颊微宽但有张美丽的脸孔，灰色的短发，黑色衬衫外头还搭配着荷兰式的白色旧式衣领。她似乎与随身携带的拐杖有着特殊的亲密关系，有一次拐杖掉在地上，阿纳的祖母骂着拐杖，对它大喊，甚至威胁要打它！

我们都准备好了，父亲自问自答地说："好，可以开始了，芙莉德莉克在这里再等一会儿。"我们走上楼，每个人带着一份小礼物，维珂带着巧克力松饼；阿纳一直想要上下两册的《堂吉诃德》，拉斯和父亲各拿了一本；母亲则选了一件圆领的毛衣。我们并没有一起唱生日歌，而是一个接一个地走到阿纳的床边，握着阿纳温暖的手，用如出一辙的贺词祝他生日快乐，然后看着他坐在那里接受礼物。当他看到《堂吉诃德》时，双眼发亮；他看见毛衣时，眼神中更是透露出莫大的喜悦。大家至少说了两次要他试试看松饼，于是他用他那把船刀利落地切开巧克力松饼，在他自己吃之前，先分给每个人一块。

当我把装着手电筒的礼盒放在被子上递给他时，

他撑起身子，眼里充满疑惑地望着我，然后望向拉斯和维珂，最后目光又落在我脸上。他先是拉起绳结，慢慢将绳结打开。他并没有用刀子将绳子裁断，而是小心翼翼地将绳结抽丝剥茧地松开，所以整条绳子完好如初。他慢慢地将绳子卷在自己手上，然后塞到枕头底下。我们其他人看着，不发一语。他很喜欢那个手电筒，他打开手电筒试了试，然后把它放在床铺上方的狭长置物板上。阿纳并没有开口道谢，而是说："我很高兴收到这些礼物。"说完之后，他并没有放开我的手。

父亲先代表大家祝他早日恢复健康，然后便演起健忘的戏码，说道："啊，对哦！我差点忘了，你还有个神秘访客，绝对让你大吃一惊。"在父亲的眼神暗示下，维珂走下楼去带阿纳的祖母上来。阿纳祖母逐渐接近的时候，阶梯上重重的拐杖声其实已经清楚地告诉所有人神秘访客是谁了。阿纳马上猜到是谁来了，他放开我的手，眼睛瞪着房门的方向。老奶奶一踏进房门，眼里就只有阿纳，她没看见天线，没看见船钟，也没看见我们从船舱搬回来的家具，她眼里只有阿纳一个人。在她走向阿纳之前，她把拐杖和用蓝色绵纸包裹的礼物交给我拿着。她没有说任何道贺的话语，只是张开手臂，环抱阿纳——紧紧地、久久地，大家都深深了解这个拥抱所代表的含意。当老奶奶抚摸着他的头发，轻轻捏着他的脸颊时，阿纳不发一语，只是笑着，好像顺着奶奶的心意似的。阿纳小心翼翼地打开礼物，那是一个灰白色的陶瓷雕像——骑海豚的少年。奶奶说，那是她有一次从哥本哈根带回来的。那只海豚神采飞扬，愉悦地跳跃，而少年则坐在海豚的背上，兴奋地高举一只手臂。

当阿纳还在观察这个瓷器时，维珂已经跑到他身旁，问道："我可不可以看一下，一下下就好。"阿纳把瓷器递给她，维珂羞怯并赞赏地看着这个瓷器。"好漂亮啊！"她说着，然后把瓷器递给母亲看。奶奶塞了一个信封到阿纳枕头下，至于里面装了什么东西，我想也不必猜了。阿纳并没有打开信封，此刻他并不在意信封里有多少钱，他安静地坐着，听老奶奶的斥责："我告诉你多少次了，信也写过多少次了，要你好好照顾自己！你看现在，你忘了你怎么答应我的，你忘了我们的约定吗？"或许阿纳正在回忆和奶奶之间的所有约定，以及奶奶对他的叮咛；或许他觉得奶奶的斥责是对的。反正他不发一语，直到奶奶不再说话为止，然后他紧紧地抱住奶奶。这个时候父亲说："大家都走吧，他们一定还有很多话要说，就让他们独处吧！"

我们离开了房间。关上房门之后，维珂碰碰我，示意我跟她走。她要我先走进她的房间，她等了一分钟，确定其他人，包括拉斯都已经下楼之后，说道："现在我知道了，汉斯！我亲耳听到的。"她似乎要撇清过错，于是接着说："我不是故意偷听，相信我，我只是碰巧听到的。"她听到了阿纳祖母和父亲的谈话——阿纳的祖母向父亲解释那场不幸的始末，听说是父亲起的头，因为他希望能从老奶奶口中了解那令人费解的原因。我问道："那是什么原因呢？""债务，"维珂说道，"我肯定没听错。那么多的负债，他们一辈子也还不完。他们的船也不再属于他的父亲，他也无法筹到需要的数目。""父亲怎么说呢？"维珂答道："一开始他沉默着，然后口中咕哝、叹息，他简直无法相信。然后他重复说着：那根本不是理由啊！"
维珂期待地看着我，很想知道我的反应，但我无话可
说，只说："对我们来说不是，小维，对我们来说那
不是理由。但对有些人来说，却不是那么简单。"她
想了一下，但似乎没什么结果，所以又问我，阿纳的
祖母是否偷塞给我什么东西，因为老奶奶给了她和拉
斯各二十马克。那个时候我还没拿到钱，我的二十马
克是后来我陪她去火车站搭车回不来梅的时候，阿纳
的祖母在火车站拿给我的。

阿纳又睡了，脸上有些许不情愿的表情。虽然我
就站在他的身边，而他也一定能感觉得到我的呼吸
声，但他没有醒来，只是抿了抿嘴唇，做了一个吞咽
的动作，然后如释重负地吐了一口长气。他脸上不情
愿的表情消失了，他再度开朗起来，有那么一刹那露
出担忧的喜悦。阿纳换了个睡姿，他一只手伸到头下
面，这个时候我看到他手里握着那条红白相间的绳
子。他虽然没把整条绳子拿在手上，但握得很紧，如
果这时有人把绳子抽掉，他一定会醒来。

发霉的救生背心始终没用过，依旧放在盒子里，那双帆布鞋和那个用船缆编织成的护舷碰垫也一样，那护舷碰垫曾经用在一艘帆船上。我把这些东西一一拿出来，摆在地板上，不确定该把它们放在哪里。在一只信号旗下面，我发现截断的捕鱼笼碎片、缝补过多次的捕鱼笼尾端以及网袋。网眼细密的网袋上附着着干燥的海草。当我用手指碰它时，网袋沙沙作响，海草屑掉落下来。阿纳，当时没人发现你是怎么把这个捕鱼笼藏起来的。如果当时有人注意到，也一定会觉得很奇怪，你怎么会认为这种东西有收藏价值呢？但经过这一段和你相处的日子，我从你那里学到了，世间万物均有其意义，即使是最微小、最微不足道的东西也一样。就像那趟周日之旅，相信对你也一定意义深远。那次父亲邀我们大家一起乘着他那艘彻底检修完毕的三桅帆船，顺易北河而下，船尾的栏杆上还挂着一只代表汉堡市的市旗。

瞧我们带了什么！篮子里放着三明治，大部分夹了鱼，一小袋剥了壳的螃蟹、黑面包切片、松饼、酵母蛋糕、油炸排骨、马铃薯沙拉、从水果仓库弄来的所谓高级水果，当然还有冷饮和热饮。再检查一遍所有的粮食，母亲发现维珂忘了那些水煮蛋。等大伙把所有食物打理好了之后，父亲说："出发，一路航行，向格陵兰岛前进！"那天天气晴朗，水面上没有雾，风平浪静，船上的金属部分反射斑斑阳光。

正当父亲将备用油桶装满燃油时，阿纳突然问道："卡陆克先生不能一起来吗？"为了表示自己所提的问题是有道理的，他又说："我相信，如果他能一起来，他一定会很高兴的。"我们大家面面相觑，因为没有人会想到要邀请卡陆克一起出航，尤其是拉斯，他随即表示不赞成，并且翻翻白眼喃喃地说："是啊，刚好就少他一个人，我们还可以一起把浮木放在板凳上呢！"母亲说："不要这样说。"维珂则对着他说："我要换衣服了，你最好转过身去。"

阿纳一直没上船，他还在等待父亲的决定。当父亲回答他说，去把卡陆克带来吧，阿纳马上以最快的速度冲了出去。他没有先从窗户往里看，而是直接冲进卡陆克的住处。他们一直没出来，我们叫喊着，大吹口哨，大家都已经不耐烦地坐在船上，引擎轰轰作响，我们可以感受到身体里的震动。拉斯和母亲坐在横贯船体中间的坐板上，父亲和我坐在船尾，第一次穿着柠檬黄两件式泳装亮相的维珂则坐在甲板上，遮阳板的下面。一艘灰色的海上警察小艇向我们驶来，快接近时，转了个弯。警艇再次启航之前，扩音器传出声音喊着我的父亲，问道："哈洛，你们要去哪里？"父亲把双手合在嘴巴前当作扩音器说："法耳巴拉索港。"对方接着说："祝你们一路顺风！""谢谢，克努克，谢谢！"

卡陆克终于出现了，边走还边扣好衬衫上的纽扣。阿纳拿着卡陆克的夹克，走在他的前面。卡陆克谢谢父亲的邀请，也很抱歉让大家等这么久。因为时间有限，他只能迅速刮胡子，换件干净的衬衫。他向我母亲鞠了个躬，匆匆地向我点点头；他似乎很高兴，阿纳马上坐在他的身旁，似乎之前就想好了。他坐得笔直，抬起头，眼光落在我们身后的水面上，沉思着，也可能在回忆，如果他的思绪不是回到过去，那么他的姿势应该是告诉我们，此时他不希望别人打扰。我们沿着支流下行，海鸥停在我们的上方，拉斯用大拇指瞄准海鸥，做了一个瞄准的动作。老窦兹坐在河边的木桩上抽烟，我们朝他招招手。易北河上，我们向港口渡轮上的游客挥手致意，也向擦身而过的邮轮上的乘客挥手。穿着美丽白色布袍的非洲游客一开始只是讶异地看着我们，后来也向我们挥手回应，迟疑且拘谨，仿佛来自世界的另一端。

我们的船行经过船坞灰暗的墙壁、客满的停泊平台以及工厂的停靠码头之后，继续突突地响着，顺着易北河前进。河水上涨，我们顺利地前进，甚至还超越了一组拖船队。船队上一只小狗对着我们愤怒狂吠，我们甚至以为它会跳到我们的船上呢！没过多久，四周风景变得很淳朴。我们看到的不再只是河川的经济用途，河流越来越回归它自身——岸边的芦苇处处可见，狭长的沙岸好似随时欢迎我们停泊。在周末度假小屋的那一片，我们发现了绿草和原野。父亲不想自己决定停泊的地点，他要我们到处看看哪里适合停靠，是这里还是那里，只见他手臂不断挥舞，喊道："这里，还是那里？芦苇里好了！不不不，沙岸那里好了！"

维珂希望我们能够停在被芦苇围绕起来的沙土上，阿纳也马上附和她的意见，所以父亲就照着维珂的愿望，慢慢地将船驶向咖啡色的河岸边。停靠时，一阵嚓嚓声后，紧接着是一阵晃动，船搁浅了，然后我们用绳索将船绑在一株老柳树的树干上。在我们决定停留在这里之前，我们坐下来看看是否喜欢这里。我们很喜欢从这里看出去的河景，以及芦苇丛里发出的微微的窸窣声。母亲很喜欢沙土传来的热气，甚至当拉斯发现附近牧场上养着几匹马之后，他也很喜欢这个地方了。我们把餐布摊开，从船上拿出准备好的食物，然后大家各取所需，分别找了个可以眺望河面的位置坐下来。

卡陆克独自一人坐着，当我建议他坐近一点时，他对我露出感激的笑容，但仍然停留在原先坐的地方。我们一直吃个不停，只有父亲偶尔开口说话，他认得一些行经的内陆船，他知道那些船只的吨位，也知道他们来自哪些港口。有时候，他丰富的知识让我们啧啧称奇。阿纳是他最忠实的听众，倾听父亲说话时，阿纳偶尔会动动嘴唇，似乎重复他刚听到的某些细节，以便轻易地记住父亲讲的内容。母亲一直要阿纳多吃一点，再拿一块松饼或梨什么的。阿纳也会拿一些东西，但是他拿在手上一会儿后，又偷偷地放回篮子里。拉斯和维珂想离开这里，到附近去探险，阿纳也想跟去，但是拉斯只邀请维珂，阿纳只好失望地留在我身边，无聊地用沙子掩盖我的脚，直到我的双脚全埋进沙里。他把头靠在我的肩膀上，但当父亲起身走向卡陆克，没说什么就坐在卡陆克身旁时，阿纳紧张地坐了起来。父亲请卡陆克喝一口苹果酒，他摇摇头回绝了。他指着河面上的淡蓝色气球，看它随着海浪浮沉。阿纳说："他们两个很熟？"我说："没错，他们的确很熟。""他们一定是好朋友。"阿纳说着。我回答："没错，他们之间有某种联系，他们很看重彼此，爸爸可以永远信任卡陆克。"

阿纳，你沉默无语，我知道你在想什么。因为你自己的情况，所以你很想知道。当你轻声地问我，他们的友谊是如何开始、维持了多久的时候，我丝毫不觉得惊讶。在我叙述的时候，你一直目不转睛地望着他。我简短地告诉你："卡陆克来自爱沙尼亚，是海事工程师。由于他们没收了他的护照，而且不让他上船，所以很久以前，他就开始盘算要偷偷离开他的国家。后来他遇见一个人，对方允诺只要他付一大笔钱，便能让他上船，帮他偷渡到瑞典。当时海岸上没有人监管，船上一名船员把他推到了海里。波罗的海海面平静，卡陆克整整游了七个小时。父亲当时负责指挥一艘拖船，准备将一艘老旧的芬兰破冰船拖回废弃场。他们发现了正在游泳的卡陆克，让他上船，然后他就跟着一起回到我们这里。"

　　我原本不想告诉阿纳太多，但是看他一脸期待的表情，我不禁继续说下去，或者是我自以为是，以为他很期待。不管怎么说，反正我很相信他。"在父亲为他铺好路之后，卡陆克先在我们这里待了两年。这两年间，他就担任助手的工作。一天晚上，卡陆克意外地遇见了那个当初从甲板上把他推下去的船员，他在一艘装满木材的货船上发现了那个人，但那个人没有看见他。""后来呢？"阿纳问道。我继续说："卡陆克回到他的住处，拿了一支他在普诺仓库买到的照明枪，然后回到货船上，往那个人的脸部开了枪。之后，我父亲劝他自首，他也答应了，并且承诺父亲，当他重获自由时，一定会回到我们这里。他做到了，所以现在又回到我们这里了。"

阿纳闭起探索的双眼，双唇颤抖着。我可以感觉到，他似乎有话要说，但是他把要说的话吞了下去。他把手伸进沙子里，默默坐在那里，他一点也不质疑我说的事情是否真发生过。或许他只是无助，对于曾经发生的事，他不知该说些什么。他没再提任何问题，也不想再多了解什么，他可以想象我一定知道得更多，远比告诉他的还多。他只是静静地听，不加任何个人判断。父亲走到海里去捡了一块木头，阿纳站了起来，走近卡陆克，站在他面前。我听不清楚阿纳在说什么，只见卡陆克脸上露出不可置信的惊讶表情，我也看到卡陆克拍拍身旁的地面，要阿纳坐下来，继续说下去。阿纳坐了下来，有时看着卡陆克，思索着怎么说，卡陆克开心地摇摇头，不时开怀大笑。我惊讶地看着，他竟然轻拍阿纳的肩膀，向他点头表示认同，有时还会把他拉近自己——他从不曾对我们任何一个人做过这样的举动，他也从未对我们之中任何人说过那么多话。当然我父亲例外，他可以和父亲彻夜长谈。

突然，大伙听见一连串咒骂声，那是维珂的声音。她在芦苇丛里或者船旁边大声咒骂着。没多久，她走出来了，赤脚，摇摇摆摆地。维珂走在水边的芦苇丛旁，拉斯紧跟在她身后，露出幸灾乐祸的奸笑。她来到父亲的身边，坐在父亲捡来的树干上，低头看看双脚，摇晃着双脚，试图让双脚风干，然后弄掉脚上的杂物。我走到她身边，她八成踩到了油污，一脚踏进油渍坑里了，因为她的小腿肚上布满了油渍斑点，连泳裤上也沾到了不少油污。父亲蹲跪在她面前，安慰着她："高兴点啦，幸好不是踩到玻璃碎片。"父亲用随身携带的小刀背面慢慢地刮除维珂小腿上的油污，至于维珂泳裤上的油渍，得回家处理。"流血了吗？"阿纳问道。他突然出现在我身边。父亲回答："溅到油而已，油渍已经去除了。"阿纳说他知道怎么去除脚指甲上的油渍，尤其是大量囤积在脚趾缝里的油污。他说："我也曾经在北海边踏到油污。"父亲说："那你就试试看好了。"阿纳用双手捧起一堆细沙，浸到水里，然后叫维珂把脚插到沙子里。等到一切就绪后，阿纳开始挤压沙子，不断摩擦。他用一根手指压在脚趾之间，旋转手指，一直往下钻，最后完全穿透过去。看着看着，我感觉我自己的脚趾缝里好像也有沙粒。维珂似乎感到疼痛，因为她不由自主呻吟了几声。阿纳又捧起一堆沙，把沙子弄湿，然后开始处理维珂的脚踝、脚跟以及脚背。我注意到，阿纳一直避免正视维珂的脸，连说话时，眼睛也只是看着他正在摩擦和处理的那个地方。他处理过的地方变得红热，维珂把手指放在那上面，一副要量温度的样子。她说："烧起来了。我想，会越来越热，所以一定要降温才行。"维珂一说完，马上跳了起来，然后跳到水里，在岸边玩起水来。

父亲拍了拍手，宣布道："大家听着，现在到船上休息一会儿。"母亲早已躺在甲板上，他在母亲身边躺了下来，然后马上睡着了。其实大家都知道，他是那种随时随地可以入睡的人。其他人也跟着躺了下来，维珂则先在身上涂上防晒霜才躺下。我们躺在那里，好像乘着破船的一家人，一个大涨潮把我们全家带到这狭长的沙岸上，海水离开时，却忘了把我们一起带走。滑翔翼在我们上方无声飞翔，在那些飞行员眼中，我们大概就是这个样子吧。他们时而飞低，时而飞高，只听到风声萧萧。我盯着他们看，感觉有人在接近我，我不需求证就知道是谁爬到我身边，那个人靠我靠得很近，近到我们的脸几乎要碰触在一起了。我知道，那是阿纳。

"汉斯，嗯，他会芬兰语。"阿纳小声说，"我问卡陆克，他懂不懂芬兰语，他不会说，但听得懂。他说，会爱沙尼亚语的人，多少听得懂一些芬兰语。"我问道："你们刚刚谈的吗？""卡陆克希望，我说一些芬兰语给他听，他很想多听听芬兰语。有些他听不懂，我就再重复说一次。他听了很高兴，哈哈大笑。最后他要我在他身边坐下来，这句话他用爱沙尼亚语又重复了一次，可是我听不懂。""你等着看吧，"我说，"你和卡陆克一定会成为好朋友。"阿纳把头枕在我的肚子上，舒舒服服地躺着，或许正在思索着刚知道的新鲜事和我的预言。但他的沉默没能维持很久，因为他做了一个决定，不得不说出来。我看得出来，那其实不是他最终的决定，而只是一个蓝图，一个梦想，或说是一个考虑到的可能性。我们也曾经一起躺在床上，谈着未来及对未来工作的憧憬：阿纳犹豫不定，要当老师、书商还是翻译家。而现在，他决定将来要当翻译。他说了他的决定，坚决之中似乎隐藏着询问。我知道，他期待我的意见。"你认为呢，汉斯？"我不禁想起以前的一位同学，他父亲是法院翻译人员，他曾经告诉我因为一个小小的翻译错误所造成的后果。"那肯定是你未来的工作，"我说，"但你必须非常清楚，你要成为哪一种翻译，还有你想在哪里工作。会议即席翻译，在外交部工作，或是法院翻译？我觉得法院翻译最适合你。没错，阿纳，在法院担任翻译是很重要的工作。你精通的语言越稀有，被录用的机会越大。"我肯定了他的抉择，一如他所愿，但我也没忘记提醒他，现在还有时间，他得多做准备，将来才能通过考试。他当然接受了我的建议，另外，他也认为每天挪出一点时间来学习，应该还可以应付，对他而言，芬兰语是确定的，只是他还不能确定除了芬兰语之外该选择哪一种语言。他没再多说，只把头枕在我的肚子上，安静地躺着。河面上来往的船只引不起他的兴趣，但维珂可不同，她坐在船的甲板边缘，双脚悬空摇晃着，对着偶尔行经的鸣着号角的船只打招呼，快乐得不得了。

虽然这样躺着很舒服，但拉斯是第一个说要起来活动的。他在附近牧场上用面包喂马，坐在一位海钓者的身旁看人钓鱼，还跑到独木舟选手的帐篷里接受他们的招待，喝掺了莱姆酒的茶。他似乎很满足了，也体验够了，最后他蹲坐在我们旁边，游说我们也马上起来活动活动。我们听他滔滔不绝地说着，突然他闭起嘴巴，手指着河面，有艘优雅的灰白色电动快艇正从眼前驶过。快艇甲板上有两张躺椅，女孩们躺在上面假寐或进行日光浴。"你们快看那艘船的名字！"拉斯喊着。那艘快艇叫"信天翁号"。"那不就是……"拉斯说着，他的问题都还没讲完，阿纳已经一跃身跳了起来，奔向岸边，眼睛望着快艇的方向。掌舵的是一个身穿短裤，留着络腮胡子的男人，当快艇经过我们所停留的狭长河岸时，他拿起望远镜，打量着阿纳和我们。他并没有回应阿纳的挥手，而是对着女孩们说了一些话，或许是要那些女孩们注意我们吧。然而女孩们并没有坐起身来，瞧也没瞧我们一眼。阿纳在靠近水边的沙滩上侧身躺了下来，过了好久才又坐了起来。拉斯问道："他怎么了？"随着他的发问，我也觉得不太对劲——有时候只要一件小小的事情，就能让阿纳发抖打哆嗦，开始呻吟或是眼神失落。于是我走向阿纳，他又侧躺着，眼睛直盯快艇的方向。"你想到那艘快艇，对吧？"我说。阿纳没回答我。"他们可能想不到其他名字来替船命名吧！"他还是不说话。我又说："你想想我们那里，还有海岸边有多少艘船叫这个名字，足足有一箩筐啊！""'信天翁'是一种海燕，"阿纳说，"我父亲告诉我，它们可以飞上百海里不必休息。"他又轻声说："但是它们不太会潜水。"他平静地陈述着，没有一丁点的激动，看不出他心里在想什么。

阿纳，从你的微笑和眼神中，我知道你已经克服了昔日的痛苦和恐惧。从你看着我的眼神中，我感受到你的成长，还有你开始相信自己并不孤单的喜悦。当父亲拍拍手，喊着："出发了，孩子们，出发了，打包东西，准备回家！"你迅速地跳了起来。

我们把所有东西搬上船之后，卡陆克和我用力推船，然后纵身一跳，滚进船里。流动的河水还来不及推动船身，父亲就启动了引擎。一阵微风吹来，河面上有点凉，阿纳靠近我，依偎在我身旁。维珂丝毫不觉凉意，她坐在船首的坐板上，双脚跷在甲板上，随着她耳里听到的神秘音乐，手指轻轻地敲打着节拍。阿纳的视线无法从她身上移开，他既没有注意到锚定在水中的挖土机，也没有看到从我们身旁驶过的那艘历史悠久的蒸汽船。很明显，他在等待维珂转头看他，给他一个眼神，点点头或是微笑一下也好。突然，我觉得她很美丽。我第一次发现，现在的维珂和几年前不一样了。刚出发时，我还觉得她身上那套柠檬黄两件式泳装很可笑，现在我却觉得很漂亮，我喜欢她脸部柔和的轮廓、她的秀发和高挑的健康身材。我故意对她喊着，挑衅她："小心一点，别掉下去了，到时候我们还得下去救你。"她回答道："我才不需要别人救我。"要不是母亲出面阻止，她大概会一直留在船头那里。母亲现在才发现，维珂坐在那里真的很危险，所以说："孩子，下来吧，坐到我旁边来！"维珂一开始心不甘情不愿地乱找借口，还哭哭闹闹，不过最后她顺从母亲的要求走了下来。我喜欢看她这样子。

我们都累了，大家各自想着自己的事，不发一语，看着河面上的交通竟然如此频繁，船只纷纷回港。我们跟在一艘货运驳船后面，沿着它的水流前进。后来我们突然听到不寻常的声音，几秒钟之后，我们发现是我们船的引擎出了问题。引擎运转得不平顺，速度太快了，十分急促。它一下子停止了运转，一会儿又动了起来，还发出摩擦声，最后它完全停止了。我们和驳船距离很远，引擎又不能运转。父亲默默取下引擎的外壳，检查火星塞和线路，并且安抚着母亲："马上就好了，我们马上就可以继续前进了。"他试着重新启动引擎，但是只听到不断的摩擦声。水流推着船身乱转，我们已经无法掌控船的方向，只能在水面上漂流。

卡陆克要我们抓紧他，他上半身靠在船舷上，俯身探查。我和阿纳紧紧抱着他的双腿，然后慢慢将卡

陆克的身体往下放，直到他的头快碰到水面为止。卡
陆克喘息着，发出沉重的呼吸声，之后他迅速挺直身
体回到船上，他告诉我的父亲："是螺旋桨！螺旋桨
卡到东西了，看起来好像是捕鱼笼。"没等父亲回答
或决定怎么做，他立刻脱下上衣，丢给阿纳，然后示
意我把绳子递给他。他把绳子绑在腰上，打了个结，
父亲拿过绳子，双手紧紧握住，用眼神告诉卡陆克，
他已经准备好了。卡陆克坐上船舷，深深地吸了几口
气，然后就跳进水里。水流把他往船身的方向推挤，
他沿着船身来到螺旋桨的位置，深深吸了一口气之后
就消失在水面下。我俯身往下看，只见他一只手紧紧
抓住船舵，另一手试着将卡在螺旋桨上的杂物去除，
但是一直未能成功。他抓着，扯着，摇晃着，还是没
办法去除掉那些杂物。他精疲力竭地探出水面，对父
亲说了一句话。父亲没有马上听懂，反倒是阿纳马上
了解了他的意思，"刀子，他需要一把刀子。"卡陆克
又说："刀子，快点儿。"父亲递给他随身携带的折叠
式船用小刀，他再度潜到水里，我看见他将刀刃插进
那一团杂物中，从中割开，然后抓住松开的一端。我

少年与沉默之海 ··· 115

认出那是个网，卡陆克半扯半拉地将网从螺旋桨上扯了下来。最后一块，也就是捕鱼笼的尾端，他把它带上船，拿给父亲看。父亲看了以后十分确定，易北河的捕鱼人恐怕得在这里损失一具捕鱼器了。他推测可能是因为快艇的关系，捕鱼笼才会松落。他把捕鱼笼放在阿纳的旁边，重新启动引擎。再度启航之前，父亲把随身携带的酒递给卡陆克，希望他能喝一口，这次卡陆克没有拒绝。母亲要我拿一件被子让他披着，这样他才不会生病，因为大家都得健健康康地回家才行。

船靠岸了，母亲决定将一部分剩下的食物让卡陆克带走，她帮他打包并放在一个篮子里面。卡陆克还没来得及向母亲道谢，阿纳就已经提起篮子，走在前面了。没人注意到阿纳也偷偷将那个捕鱼笼带走了。他黄昏回家之后，也没有告诉我这件事。

这些是他的朋友拓夫写来的信件，阿纳已经绑成一捆。我将这一捆信放进箱子里，不希望别人阅读这些信。另外他的小小收藏——风景明信片，这是水手们应阿纳要求从远方国度寄给他的——我看也没看便整齐地放入箱子里。在那些明信片下方，我发现了一封已经起了头的写给维珂的信，另外我很惊讶地发现了一封我写的信：那是一封没有寄出去，或是没交出去，署名给学校校长的信。写了信之后，我发现校长根本不重视那件事情，所以我想把信丢掉。这时候，阿纳要求我把信给他，谁知道基于什么只有他自己才知道的理由，他希望能够保存这封信。当时我们的体操老师，包斯提安，建议我写一份报告，说明那次情绪失控的情形，避免将来造成不好的后果。

重读这份报告，我才想起，原来很多细节我都已经忘记了，时间真会冲淡很多事情，时间也能平复许多痕迹。但我也逐渐了解，有些东西却是时间也无法磨灭的，只消一句话，就能够重新勾起已被遗忘的消失的回忆。

胆量测试：跳箱之后前滚翻，这应该也算是胆量测试的一种吧！至少体操老师包斯提安是这么想的。有一次我们班上完他的体育课后，他把我叫了过去。因为他有急事要办，二十分钟就会回来，他希望我能够帮他监督学弟学妹。下一堂上体操课的学弟学妹已经在更衣室，也就是阿纳他们那一班。他们班上体操最棒的是彼得·彭斯威。包斯提安老师身材矮胖，也很容易紧张。可能因为我是双杠和地板体操的模范生，他已多次请我帮忙看着学弟学妹班级的体操课。在我写给校长的报告中，我提到包斯提安老师经常请我帮学弟学妹从体操仪器上下来，以免有人不小心跌倒。包斯提安为了确保我会帮他的忙，也赋予我监督的权力和责任。

为了充分利用体育馆，我让学弟学妹们绕着体育馆跳，男生女生交错着。我先示范脚要怎么放、怎么缠绕、怎么压等动作，也示范给他们看如何通过摇摆和抖动手臂来放松手臂，并要求他们转动身体、原地快速踏步。当时阿纳的动作很僵硬，很不灵活，他知道他这个缺点。因为他非常努力学习，我就没纠正他的动作，甚至他跑得很慢、做规定动作也慢半拍的时候，我也不喊他名字纠正他。维珂就不同了，当她出现奇怪的舞蹈步伐，或要求同学做危险的动作时，我会把她叫出来，然后要她一个人去吊单杠。当她精疲力竭从杆上下来时，我就指派她看管女孩子那一圈，让她们练习下腰、翻滚以及跳跃。

男生将跳箱搬到塑胶垫板的旁边，拿掉中间几个箱子，让跳箱的高度约为膝盖高。我先示范给他们看，我和包斯提安希望他们做的动作是：助跑、跳箱、往前翻滚。他们一个一个练习，彼得·彭斯威第一个跳过障碍，身体完全伸展开来，完美地掌握窍门，跳起来的高度比要求的还高出许多，他利用身体滚动的振动，帮助自己安全着落。学弟们一个接一个完成练习，我站在塑胶垫和跳箱旁边，大多数人都不需要我鼓励，也不需要我特别帮忙。有个学生要求阿纳让他先跳，我看在眼里。我也看到，阿纳帮忙推一位同学，似乎要增加他起跑的速度。最后剩下阿纳还没跳，他有点儿犹豫不决。最后他终于起跑，速度不快，精神也不集中。他慢慢跑向跳箱，很明显他的速度太慢，应该跳不过去。他没有停下来，直接往跳箱上跳，然后停坐在上面。同学全都哈哈大笑，连女生那边也笑得很大声。不过阿纳似乎不怎么在乎，他无奈地看着我。当我要求他再试一次时，他也只能乖乖地点点头。许多学生挤在塑胶垫旁边，一副看好戏的样子，满脸冷笑，吹着口哨，看着阿纳。而我，当然也是看着你，阿纳，看着你略显拘谨的姿势，而你的眼神紧盯着跳箱。你开始起跑，速度越来越快，然后寻找起跳点，纵身一跳。在我看来，你毫无疑问会成功。你计算得很好，要不是彼得·彭斯威突然躲到跳箱后面，打算调高跳箱高度的话，你应该也会安全着陆，而不是直接跌落在跳箱后面。

你跳起来之后，发现情形不对，为了不跌到他的身上，你将身体转向一侧，没做前滚翻的动作，而是肩膀重重着地，落在塑胶垫上。

阿纳因疼痛而呻吟，我帮忙扶起他，让他坐在一旁闲置的跳箱上，然后我在他身旁坐下。"你做得很好，"我说道，"这个跳跃很漂亮，阿纳，如果不是他从中干扰的话，你的前滚翻也会很成功。"我把手臂搭在他肩上，感觉他在抽搐。我放开他，走向其他同学，他们还一直站在塑胶垫旁边，觉得很好笑。彼得·彭斯威也是其中一个，很明显，他正暗自享受着大家对他的认同。

我朝他猛力打了一拳。他吓了一跳，惊讶得忘了闪躲或退后。被我挥了一拳后，他用一只手压着嘴，他的嘴唇破裂流血了。他不说一句话，仇恨地瞪着我，同时让大家看他沾满血的手。有那么一刹那，我觉得他准备冲向我，很明显是因为大家期待他这么做。在他这么做之前，我说："去找校长啊，去告状啊！别忘了告诉他到底发生了什么事。"当他还不断用憎恨的眼神瞪着我的时候，我不禁想到包斯提安。他赋予我监督的权力和责任，我是他的代理人，是他延伸的左右手，但我不确定，我是否有体罚学弟的权力。我只能告知他、警告他、要求他遵守规则，但绝不能处罚他。"现在是怎样？"我说，"你不去找校长吗？"彼得·彭斯威转过身，准备走向出口。当维珂叫住他的时候，他停下脚步。她递给他一张面巾纸，随即又拿回来，把面巾纸压在他裂开的嘴唇上，其间维珂还不时愤怒地瞪了我好几眼。当维珂帮彼得·彭斯威止好血之后，她丢给阿纳一个责备的眼神，一种难以理解的责备方式。由于体操课已经中断很久了，我叫学弟学妹们归队，眼神暗示阿纳起来，然后叫他和其他男同学们练习双杠，我呢，我吊在双杠上摇晃着。在我开始示范之前，我看见维珂被一些女同学围起来。她们推挤着她，追问她，想要知道到底怎么回事。她们表现出愤怒的神情，至少从她们的态度看来，我觉得是这样。

"进行得怎样？"包斯提安回来了，他一边走一边拍拍我的肩膀。他没有等我回答，就直接走向了彼得·彭斯威。当他看到那张沾满血迹的面巾纸，再瞧瞧他嘴唇上的伤口时，他想要知道发生什么事了。他检查了跳箱的皮制外层和宽大的塑胶垫，抓抓双杠的平衡杠，"发生什么事了？说啊！"彼得·彭斯威耸耸肩，沉默不语。一直等到有人要开口替他说话了，他才开口，但一副不在意的样子，"没有跳好啦！我错过起跳的好时机，所以着陆时失败了。"就在大家惊讶不语的时候，他又补充说道："翻转时，嘴唇不小心碰到膝盖。"阿纳站在离他不远处，听到他所说的每句话，阿纳脸上尽是不可置信的表情。有那么一刻，他似乎也想要说些什么，或者想走向彼得·彭斯威。他的脸上不是失望的、充满敌意的表情，而是友善的、乐意帮忙的。阿纳发现我摇头和制止的动作，于是留在原地。不等体育老师说话，我径自走到双杠的中间。因为我知道这堂体操课就快下课了，所以我故意拖延练习时间，最后只剩下能够让两位学生练习的。

包斯提安发现彼得一直躲着他，他怀疑事有蹊跷，这堂课一定出了什么事。在走廊上，他再次感谢我，又要我陪他走到车子那里，我马上猜到他在想什么。"汉斯，你是我的代理人，说吧，到底发生了什么事情？"我把事情的原委全部告诉他，并且认为有必要为我的失控行为向他道歉。他听着我的解释，只是点点头，继续走，并且一边走一边掏车钥匙。他没表示是否对我的行为感到不耻，但是我希望他能够体谅我。他让我一直说，直到走到他车子停放的地方，他才向我伸出手，然后说道："这种事情在我身上也发生过一次，仅一次。那次的结果不是很好。"我们道别之后，他在车子里摇下车窗，建议我不管怎么样还是写一份报告，然后由他拿去交给校长。"汉斯，"他说道，"人要随时准备好武器。即使结果很糟糕，我也欣然接受，因为那难以反驳。"

坐在校车上，我独自坐在最后面，开始构想报告的内容。但我无法专心想这件事，因为我不时望着阿纳。他一人独自蹲坐在中间，其他的人则把司机后面两排的位置占满了，大伙围着彼得·彭斯威说话。维珂则坐在彼得身旁的位置上，彼得·彭斯威拒绝她的关心。他似乎很不屑自己的伤势，因为每当维珂要看他的嘴唇时，他都把头偏到一边去；每当她抓住他的手臂时，他都会温和地欠欠身，摆脱她的手。彼得·彭斯威身旁的人有时会望向我，眼神中含有暗示和警告的意味，似乎要我了解，我最好要有心理准备，从此以后不再属于他们。他们把头凑在一起，大概在想用什么方法才能让我感到最痛苦。我非常确定他们会做些什么，他们非这么做不可；很简单，因为他们其中一定有人认为必须要惩罚我。

当校车驶上一个平坦的小山丘时，阿纳站起身来，一时重心不稳，又跌了回去。他抓住两侧扶手，然后站起来，往前面移动，走向那群学生。他们没发觉阿纳已经靠近他们。他们围在一起窃窃私语和商量。当他出现在他们面前时，他们立刻散开来，就像做了坏事当场被揭发似的。他们不知所措，没有人说话。阿纳从他们头上望过去，寻找彼得·彭斯威的眼神。阿纳的一只手抓着扶手，另一只手伸出去，口中喃喃说着话，我听不清楚他在说什么。彼得·彭斯威不知所措，盯着阿纳伸过来的那只手，脑中思考着该怎么做才好。当他还在思索的时候，旁边有个人伸出手，将阿纳的手往下压。彼得·彭斯威脸上露出微笑，很显然，他心里也想这么做。接着他把头往后甩，表示他不想再看到阿纳，同时伸手指指我这个方向，示意要他滚到我这里来。

当阿纳坐到我身边的时候，我再度感受到他的颤抖和轻轻的喘息声。他双手合十，压在双膝之间。当我把手搭在他的肩膀上，轻轻地把他拉向自己时，他才逐渐放松，平缓下来。每次当校车停站，有学生下车时，阿纳总会伸长脖子，望着他们的背影。彼得·彭斯威站起来准备走向车门，但却突然停顿下来，然后快步走向我们。阿纳本能地坐直身子，做好准备。彼得·彭斯威根本没看他一眼，只是冷冷地看着我，打量我。当校车停下来的那一刹那，他说道："你会后悔的！""你也是，"我说，"你也会后悔的。"

家里静悄悄的，我没有想到维珂这么晚了还过来。当维珂出现在我房里的时候，我本来已经打算明天再检查并打包剩下的遗物。她穿着睡衣，小心翼翼拿着阿纳的水族箱，蹑手蹑脚走进来，她把水族箱放在桌子上，脸颊发热，如释重负地吐了一口气。水族箱里面的水摇晃不停，两条胡须鱼和金鱼也受到摇晃，在水族箱里面浮沉，不时撞到玻璃。维珂坐在摩洛哥坐垫上，跷高双腿，看着箱子里的东西说道："拉斯告诉我，你一直都还在整理这些东西。"我不发一语，于是她又继续说："我本来要睡了，但是想一想还是把他的水族箱拿过来给你比较好。""为什么你不留着？"我问道，"那些鱼怎么办？"维珂说："他只叫我帮他喂几天的鱼，虽然我也没做什么事，可是我也照做了。"我说："当他把鱼拿去给你的时候，他应该已经想过，这不只是几天的事，或许他希望你能永远留下这个水族箱。""但我不想留下它啊！"她说道，之后又说了一次，"我不要。"她双手环膝，眼睛盯着阿纳的遗物沉思着，似乎试着回忆一些事，似乎也在打量着，试着去发觉这些东西的价值。她也很讶异，阿纳怎么会有一盒海军纽扣和一只折叠式汤匙。我可以理解她的惊讶，但我不解的是，为什么她觉得皮帽子很可笑。她想戴戴看，但被我拒绝了。我告诉她，这顶帽子是阿纳为芬兰之旅所准备的，他甚至可能远征北极。

"又是计划，"维珂说着，"他总有一大堆奇怪的计划。有时候真搞不懂哪些是真的。""不要再说了，"我说道，"他的计划又不会妨碍到你们！你，还有你那些朋友，你们老是和他敌对，只因为他比你们大家优秀。这就是为什么你们不想和他来往的原因？你们总把他冷落在一旁。你们从不知道他有多孤单，他多么渴望成为你们的一分子，纯粹只是想拥有一份归属感。"她惊讶地看了我一会儿，然后一如往常开始为自己辩护："你不知道，我们试过好多次要接纳他，可是他就是和别人不一样，我们根本不知道要跟他一起做什么。我们每一个人都有这种感觉。""所以最后，"我说道，"所以那一天晚上你们害他掉入陷阱。"

　　她从我的香烟盒里拿出一根香烟，点着，我并没有制止她。她有点不安，似乎有些怨言，或许她知道，她无法为自己开罪。她手顶着下颚，眼睛湿湿的，她当然没有哭，只是用手背擦过脸庞。她的声音里带着些许固执，她说着："你可能不相信，但是我真的喜欢阿纳；至少我越来越喜欢他，我后来发觉他也是可以很开心，很放纵的。跟着他到处跑，真的很快乐。""谁跟着他到处跑？"我问道。维珂答说："我，我自己一个人。你大概忘记了，有一次我太晚回家，爸妈他们把我锁在外面当作处罚。那一晚大家都睡了，没人帮我开门，我知道怎么进普诺仓库，所以第一夜我就待在那儿。隔天早上，我根本没跟你们说一声就进城了。你不记得吗？""当然记得，"我说道，"父亲原来以为，你会睡在门边，后来他发现你竟然不在那里，他也很后悔，另外大家都很担心你。"维珂说："就是那一次，我搭渡船到上游码头，但我身上的钱不多，虽然有一位老人要请我喝啤酒，可是我没理他，慢慢晃，熬时间，一直等到大教堂开门。后来我听到音乐声，看见了摩天轮，于是往那里去。那时候那里已经很多人了。""你在那里遇见了阿纳吗？""不是，"她说，"他跟在我后头，他一直跟踪我，直到有两个人要把我拖走时，他才现身。你知道他对那两个人说了什么吗？他说，放了我妹妹，然后马上拉着我走向射靶摊位。他只用了五颗子弹，就帮我射到了一朵纸花，可惜后来在坐'之'字形轨道车的时候我把纸花弄丢了。"维珂低下头，做了一个无可奈何的动作，好像她对遗失纸花这件事还一直耿耿于怀。

"汉斯。"她小声地问。"什么事？""你可不可以帮我一个忙？""说吧！""可以把你的床单借给我吗？我好冷哦！"我把床单递过去给她，维珂把床单盖在身上，那一刻她看起来如此娇小又无助。"这样好一点了吗？"我问道。她点点头，然后说道："我曾经认为阿纳可以看穿别人的思想。我们站在卖现烤迷你夹心面包的摊位前面，我没钱买，只是站在那里看。或许他看出我肚子饿了，他什么也没问，马上就买了一大袋。除了夹心面包之外，我们还喝了甜烧酒。""甜烧酒？""那是他说要喝的，"维珂说，"酒保问他的年龄时，阿纳宣称他刚好满十七。他很高兴，因为在外人眼中，他看起来比实际年龄大。他甚至相信，从此他可以看所有电影，甚至成人电影。你应该看看他当时的表情，他真的在仔细考虑要看哪一部电影。那个时候，我也不觉得他才十五岁。阿纳甚至还给了酒保小费，至少有三十芬尼。"

"当你们喝了甜烧酒，"我说道，"当你们在骗那个酒保的时候，有没有谈到你被家人关在外面，而我们大家都很担心，你们是否想过，或许我们会去报警呢？""我们没谈到这些，"维珂说道，"我们很高兴能碰到一块儿，那是我们第一次一起出游。阿纳什么也没提，他请我玩遍吃遍所有摊位，还去坐'之'字形轨道车、摩天轮，我们还去了鬼森林，里头有一大堆鬼跑出来吓我们，还有骷髅头要抓我们，真的很恐怖，我们两个必须紧紧靠在一起。后来我们在骰子摊位的时候，那件事就发生了。""发生什么事？"我问道。"你一定不会相信！"维珂说，"轮到阿纳掷骰子的时候，他连续两次掷出了三个'6'，可以自由选择奖品。我当时心里想，他千万别选那个幼稚的娃娃。这个时候，他的手已经指着那个脸胖嘟嘟的金发娃娃。当阿纳发现我丝毫没有惊喜的表情时，他想更换奖品。但不行，摊位老板说不能换。接着事情就发生了：我手里的娃娃掉到了地上。我不是故意的，真的不是！当我要捡起娃娃的时候，有个小女孩已经弯腰捡起她，然后把娃娃递给我，同时一边轻轻地抚摸着娃娃的头发，一边在娃娃的耳边喃喃地说话，好像在安慰娃娃。我没把娃娃接过来，反而对小女孩说：这个娃娃送给你，但是你得给她取一个名字。这个女孩好惊讶，连道谢都忘了，后来是她妈妈帮她向我道谢。""阿纳说了什么吗？"我问道。维珂答说："没有。阿纳只是奇怪地看着我，然后牵着我的手，带我离开。"

维珂转过头，看着那个小水族箱，水族箱里的鱼儿优游自在，有些停在箱底的白沙上，有些则轻轻地鼓动着鱼鳍，从玻璃箱的这一头游到另一头。"我还是把水族箱带走好了，"维珂说道，"如果哪天我忘了喂鱼，你要帮忙喂哦。"

她似乎想到什么会心一笑的事，但她没有说，显然她在考虑要不要说出来，但是最后她还是忍不住说了出来："我吻了他，就在旋转木马的摊位。我们在那儿又遇到了那个小女孩。她抱着娃娃，汗流浃背，还喂娃娃吃冰块。阿纳看着她，很高兴的样子，还对她眨眨眼。就是因为这样，我给了他一个吻，飞快的吻，吻在他的眼睛上。"我问道："为什么在眼睛上？""他很不好意思，把头移开，"维珂说，"所以就吻到眼睛上了。之后我们去骑旋转木马。"

维珂说话的时候，我决定不打断她，让她一直说下去。随着她的话语，我不禁了解到，这一切对她而言也具有某种程度的价值，至少已经深植在她的记忆里。她不想告诉我秘密，只是陈述着，报告着，或者她只是要为自己辩驳。即使她不是故意要这样做，但至少她潜意识里是这样的：她要向我证明，阿纳在她心里的地位比我所想的更重要。维珂承认，和阿纳在一起，跟他一起游大教堂，确实带给她很大的快乐。他给她什么，她照单全收。当她疲倦的时候，他们就去坐渡轮。阿纳知道最后一班渡轮的出发时间，所以他一直把离开时间记在心里。"就是因为阿纳一直催，所以我们才来得及赶上最后一班渡轮。"维珂说着，"我们一上船就没坐在乘客休息室里，而是爬上上层甲板。只有我们两个。"

"后来阿纳从口袋里拿出一样东西，软软的、皮革类的东西。他希望我握着那个东西，感觉一下那是什么。我并不知道，但是可以确定的是，那是一个很硬的绳结。他说：你看！然后他骗我说，那个绳结里面可以装风，没错，就是绑在绳结里面，松开结的时候，风就会跑出来。据说那是个魔法绳结，是卡陆克送给他的。"我问她："他真让风出来了吗？""他根本没试，阿纳说绳结不能故意松开，只有在紧急的情况下才可以松开。我一听就知道，他是胡诌的。不过阿纳确实是那种只要把耳朵放在代表海洋的物件上面，就能感受到海洋的人。每次在老窦兹那边都是这样，他听得到海洋的声音：海浪声、海洋哀鸣声。但是大家都不知道他到底听到了什么，也不相信他。不过即便如此，我还是喜欢他。"我说："他永远能让人信任。"

维珂摇摇头，她咬着下唇，以另一种口气说道：

"他想说服我马上跟他一起回家。他知道爸爸妈妈一定会处罚我，也知道他们都很担心，这些他都知道。所以我们一下渡船，他就迫不及待打算带我回家。你一定不会相信，我必须一直听他说话。他一边说话，还一边紧抓住我的手肘，没有其他意思，只是要抓紧我而已。快到家的时候，我甩掉他的手，往仓库的方向跑。但是阿纳追上我，试图说服我跟他一起回家。"

我问她："你真想跟他一起回家吗？"维珂没有回答我的问题，她说："我想一个人静静地想一想，所以又跑去了普诺仓库。我知道仓库锁住的时候怎么进去，我已经在那里睡过一夜，睡在一堆救生衣上面。阿纳不想让我一个人在那里，他跟在我后头。有一阵他跟丢了，我故意不出声，希望能够摆脱他。后来他在黑暗之中又发现了我，并且紧紧跟着我。我们走到普诺仓库里放救生衣的地方，坐在那里，一开始只是听着从外头传来的细微声响。那声音听起来令人鼻酸，一开始我们以为那是迷路的小鸟在船坞上盘旋的叫声，但后来阿纳发现，那是大吊灯在风中摇晃发出来的声音，坐在地板上可以听得很清楚。"

维珂又从我的香烟盒里拿出一根烟，然后继续说：当他们在黑暗之中，坐在老旧但从未使用过的救生衣上面时，阿纳突然问起她的计划——未来的计划。或许她当时还没有想到，也或许她不想告诉他。不过在她开口前，阿纳便先开口谈起自己的计划，一个保证会让她十分惊讶的计划。

阿纳，我可以理解你的动机，你希望告诉维珂，人活着要有目标。或许你想到了我们晚上经常聊的话题和内容——晚上的时候，我们经常躺在床上，梦想着未来的职业，谈起这项选择的原因。在编织未来的时候，我们是多么快乐，我们细心规划未来的蓝图，如果遇到疑问，就努力求证，直到眼前所有不确定因素都排除为止。所以你想告诉维珂你的计划——你希望有朝一日能成为法院口译员。你想告诉她，这个梦想是多么吸引你，还有你的努力，或许你也想说，我也很赞成你的想法。

维珂说，阿纳不停地说着，他似乎已经知道别人对他的期待，也知道他必须如何准备。他就这样细致地告诉她他的梦想，好像他马上就要参加考试一样。

而他完全没有察觉到她已经睡着了。

"就是这样，汉斯。"她说，"我那时好累，我只听到他咕噜咕噜的声音，然后就睡着了。后来他也向我招认他背叛我的事。""什么背叛？"我问道。"他离开了。"维珂说道，"当他发现我睡着了之后，他蹑手蹑脚地离开那里，然后跑去告诉他们我在哪里。我突然醒了过来，只见眼前一张大脸，那是爸爸。他只说，起来吧！然后把我带往出口。回到家，他叫我回自己房间去。"

她沉默着，好似永远不会忘记这一段回忆，而且不能原谅阿纳偷偷离开，去把父亲带到她藏身的地方，然后把她带回家。她看着我，迫切地期待着，似乎非常肯定我会站在她那一边。但是我没有。我说："阿纳这么做是对的，就算换成是我，我也会这么做。阿纳和你不同，他考虑到母亲的恐惧和担心。所以别再说什么背叛的话了。"维珂摇摇头，她说："你都站在他那一边，你永远都站在他那一边。阿纳可以为所欲为，而你每次都帮他。""没错，"我说，"我经常袒护他，但我很清楚我为什么这么做。"

维珂拉紧被单，眼睛看着地板，过了一会儿，她突然站了起来，用坚定的动作把被单折好，然后放在我的床上。她抱起水族箱，不是走向门边，只是站在那里，好像在衡量手上的重量。然后她对我点点头，说道："汉斯，帮我把门打开。"我说我可以帮她把水族箱搬去她房间，但她并不接受我的帮助，还表示水族箱根本不重。

有时候他会把东西一样一样叠着，有时候盖着，或是摆在看不见的地方，似乎是想暂时忘记它们。沾了污渍的远洋卡上面标示了固定航线，在远洋卡的下面，我竟然发现了锡片切割的名牌。我很惊讶，因为这片名牌曾经固定在我们那艘小船的船首，也就是老船师傅托德森帮我们修的那艘船。他修了好久，因为他经常中断这艘船的修复工作。"小维"是这艘小船的名字，拉斯用黑色的漆在锡版上写上维珂的小名，瘦长而柔婉，然后固定在船首的木头上；几个钟头之后，这艘船就此命名。

在这艘船下水的命名典礼这一天，没有人比你更没耐心，没人比你更雀跃。一大清早你就等不及，喋喋不休地谈着新船下水的事，谈着这个所谓的命名典礼需要什么，该如何筹备，如何庆祝。彼得·彭斯威甚至还弄来啤酒。当维珂请你帮忙去灌满一瓶易北河水时，你高兴地飞奔而去，急忙完成她交代的事。维珂是命名典礼的教母，将在小艇上洒水，因为我们都知道如果把水瓶丢向船头的话太危险了。当他们要你去把木头、树枝、厚木板堆在一起，在水下点燃火堆作为庆祝营火的时候，你当然也是照做。

早在阿纳和其他人来之前，我和拉斯就已经先抵达这里，来到这个甚少使用的斜平台。我们把名牌固定在船上，用螺丝锁紧，然后用一块防水帆布盖在上面。小船倾斜地放在平坦宽阔的台车上，用一根缆绳固定住，为了避免船顺着轨道滑下斜坡，还多了一块枕木固定。托德森用桦木修复这艘船，换了桅杆支撑木和一些骨架，还有一块闪烁着浅红光泽的船舷，里外都漆上了亮光油。我们能想到的，他大概都整修了。真是无懈可击，我们十分满意这艘属于我们的小船。

在我们等其他人来的时候，老托德森出现了一下子。他和我们简短地打了声招呼，走上木桥，紧盯着水里看，显然在研究这条轨道会通往什么地方。后来我看见他一脸惊喜的样子，很雀跃地向我们招手，要我们过去。他指给我们看，水里面闪烁着银白色的亮光，时而这里，时而那里。"香鱼，"他说，"它们在产卵。"他观察不安的鱼群好一会儿之后，从桥柱上扯下一个塑胶桶，然后弯下身来，用力把塑胶桶往水中一舀。天啊，他这一舀，舀起了好多香鱼啊！看起来他下一餐有着落了。他带着塑胶桶离开桥上，走的时候，他说："我祝你们这艘船能够勇往直前，永远也不会翻覆。"

今天乌云密布，凉意袭人，但是拉斯决定就在今天举行典礼，大家都同意听从他的指示，由他发号施令。他在附近看过别人举行命名典礼，所以一切流程全由他安排。不过令我惊讶的是，他发号施令的时候，考虑竟然如此周全。我们当中只有维珂一个人可以先爬进小船去，但是她得静静坐在那儿，其他人则被要求站到船首前面。我从不认为拉斯能够成功完成一次演说，但他甚至说出一些地地道道的演讲词句，尤其今天他一副严肃的神情，令他的演说格外成功。他偶尔会结巴一下，停顿的时候他不是看着彼得·彭斯威，也不是看着欧拉夫·窦兹，而总是看着阿纳。并且让我很高兴的是，他出人意料地提及阿纳对整修小船的贡献："你比我们当中任何人付出的都多。"另外他还说："你当然应该参与首航，这是你应得的。"彼得露出微笑，一副不以为然的样子，他觉得现在根本不必说这些，根本还太早。他没兴趣再听拉斯的长篇大论，为了加速命名典礼的过程，他拿起装满易北河水的瓶子，递给坐在船上的维珂。她把水洒在桅木和甲板上，看得出来她很兴奋，然后她挺直身体，手腕轻轻挥动，几滴水洒到了欧拉夫和阿纳身上。这个时候，拉斯做了一个警告的动作，于是维珂停了下来，但她还是满心欣喜。拉斯再一次做出手势之后，维珂开始念出拉斯教她的话："我将以'小维'之名，为你命名，期望航行永远顺利。"接着她高兴地揭开帆布，将剩下的水浇在这艘船的名牌上。大家齐声鼓掌，我也鼓掌了。彼得等不及要把维珂从船上接下来，恭喜她，然后转身离开轨道，走近插入土中的木桩，打算解开系在上面的绳子，而这条绳子所绑的正是载小船的台车。他松开了绳子，前面的枕木还牢牢固定住台车的轮子。就在我们把绳子收好，打算一起调整台车方位的时候，车子移动了。轮子开始慢慢滚动，车子在生锈的轨道上摇摇晃晃，经过有些地方还弹跳起来，但是它在老旧轨道上的下滑速度却越来越快。拉斯和彼得大声吆喝，试图抓住飞扬的绳子，或者挡住台车和船体，撑住不让它继续下滑。但是没有用，台车还是往下滑，摇摇晃晃，台车甚至一度整个弹起来，继续往水边滑去。因为重力加速度和推力的关系，下滑速度更快了，绑在车上的小船最后也开始移动和摇晃，看起来像是要从台车上分离，先一步落到水里的样子。最后欧拉夫不得不跳开，以免被撞倒；而拉斯则到最后一刻才肯放手，否则也将一起掉落水中。

突然我们全都静止不动，每一个人都停止了动作，虽然我们都知道接下来会发生什么事，一个无法避免的结局，但是每个人就像着了魔一样，失神地站在那边。阿纳也站着，目不转睛地盯着摇摇摆摆、继续往下滑动的小船。他显然吓呆了，甚至忘了放下手中的枕木，或丢掉它。或许他还没意识到，是他太早把阻挡台车的枕木移开。不管怎么说，他现在也只是一个失神的观众，观看着这一场负载小船的台车之旅。在冲入水中之前，整辆台车从轨道上飞了起来，小船倾向侧边，船头撞到木桥而四分五裂，船身被撞得飞起来，轻擦过第一个桥柱，落在旁边。一块船舷飞了出去，船尾也四散开来。小船沉入水中，立刻被水覆盖，先是轻轻地撞击木桥，然后漂离一个手臂远的距离，接着又漂回木桥旁边，最后动也不动停在那里。

我看见阿纳手中的枕木掉了下来，他并非将木块丢在轨道边，而是松开手让木头掉下来，就落在他旁边。其他人还没回过神来，还不敢相信小船怎么会撞上木桥。这个时候我走到阿纳身边，用脚把枕木踢到轨道旁边，而且故意踢到不是很牢固的、重物经过就会上下弹动的轨道旁边。我不确定阿纳懂不懂我做了什么，为什么这么做。他只是用遥远的眼神看着我。当我对他点点头，安慰地拍拍他的肩膀，他完全没有反应。然而他一定了解我为他做了什么，以及我希望他怎么做。因为拉斯从桥上跳下来，沿着轨道走上来，弯下身寻找这一块原本应该固定台车的木头时，他往后退了，不说一句话。当拉斯拿起木头，左转右看，他还是不说话。拉斯问道："怎么会发生这种事呢？这种木头足足能在沙地上挡住一辆小货车！""是轨道，"我说，"你自己看那个轨道，没固定，从地上松落了。"拉斯踏在轨道上，摇一摇，仔细研究轨道的深度，然后摇摇头说："那一定不是放在这儿。"他望向水面，估量了轨道运行的长度，似乎想找出台车出轨和小船翻覆的原因。

我可以感觉到，阿纳，你很难继续保持沉默。如果不是我在你旁边，你一定早就说出，是你太早把固定的枕木移开。你早就准备好承担命名典礼失败的过错。我看着你，可以感觉到你的心思。于是我拉你走开，不是走到桥上大家聚集的地方，而是走向轨道通往水里的尽头。我们静静站在那儿，看着小船慢慢沉入水中。我当然不会看不出来，你一直往维珂那边看，看着她被彼得·彭斯威紧紧握住手，顺从地跟着他一起走向堆砌整齐的木头堆那边。

虽然他没要大家一起走，但其他人也跟着走过去了，跟他坐在一块儿。阿纳也想跟他们一块儿过去，但是我把他叫到我这边，我把他留在这里，没解释为什么这么做。他虽然不情不愿，但还是听了我的话，留在我身边。"让他们去吧！"我说，"他们只想自己人在一起，我们回家吧！"他认真想了一会儿，犹豫了一下，抬起头往他们那边看，他们坐在水果箱的木头堆上面，看不出来他们打算做什么。"走吧，阿纳！"他跟着我走了，我们不说一句话地走着。一回到家，他迫不及待拿出存折，坐在床上开始计算，但是结果显然不让他满意。我看得出来他心里在想什么，也知道他绝不会放弃赎罪的机会。他总是这样，准备好付出一切，承担一切。我要他把存折收起来。为了降低他的罪恶感，我试图劝说他，这不能算是他的错。我要他想一想，彼得·彭斯威也没通知大家就松开了绳索。另外我也要他想一想，轨道下面已经被冲蚀，根本不够牢固，台车也不一定能顺利下滑。他只是奇怪地看着我，不是如释重负，更不是感激，而是很奇怪地看着我。

他们把我叫了下去，所以我得留阿纳一个人在房间几分钟。我走到门口时，请他帮我看我最后的作业。他点点头，同时从床上起来。我的父亲想知道命名典礼的情形如何，因为他之前也检查过修缮好的小艇，他说："没有人能比托德森把我们的船修得更好。"另外他还说，如果托德森没办法修好的话，他就建议用另外一艘船，岸上还有一艘"欧立安"的救生艇。我说："结果很糟糕。"我告诉父亲命名典礼失败的情况，台车和小船刹不住车，顺着斜坡轨道冲了下去，最后翻车，但是我没说是谁的错。他不敢相信，表示要去看看沉没的船。不过不是现在，而是明天。"用推的！"他认为，"或许你们应该不用台车，而应该用一块一块木头垫在路上，慢慢滑动，直接把小船轻推到水里。"

我走到窗边，看着拆船场里那艘船腹朝天、停在水里的灰色救生艇，估量着这艘船的长度和可能的用途时，父亲突然说："我和伦威兹老师谈过了，他来拜访我。如果我没听错的话，他似乎对阿纳很失望。"现在我知道他们为什么叫我下来了，先是母亲渴切地看着我，然后是父亲没耐心的样子。我坐到他们旁边，我看得出来他们要告诉我的是一件很严肃的事，或者他们只是转述伦威兹老师表达出的对阿纳的失望，而这一点令他们很担心。我问："阿纳怎么了？"父亲说："他的老师说，他故意伪装自己，老师说，阿纳退步了。现在他们不必为他准备特别课程了，因为大家都看得出他退步，也都很惊讶。"母亲说："汉斯，他们不相信他会这样子。"父亲重复说："他们不相信。因为他有时候也会成绩退步，但是只要他追上来，他就会表现得最杰出！他的老师说，阿纳一直表现很差，他在隐藏自己，不表现出他的实力。"

"好，"我说，"你们希望我怎么做呢？我也听说他某些科目成绩退步，但是你们要我怎么帮他呢？成绩总是有起有落的！"父亲说："不，起起落落，这对阿纳不适用。他一定有什么不对劲儿，我们一定要帮助他。"母亲坚定地说："他信任我们，所以我们要帮助他。"他们找上我，想让我了解，我们这些人当中，阿纳最依赖的就是我。他们毫不怀疑，如果我愿意的话，他什么都会跟我说。另外他们也很肯定，我一定能够影响阿纳，让他回到原来的水准。我猜得到阿纳成绩退步的原因，也猜得到他为什么伪装自己。我想我知道原因，但我没说出来，我只是遵照他们的希望，表示我会和阿纳谈一谈。我答应马上就和他谈。

阿纳没在我们房间，我的作文放在他的床上，他的书桌上放着一张匆忙写好的纸条，这种情况并不常见："必须去水果仓库那边……约好了……很快就会回来。"他们在拆船场后面点燃火堆的时候，阿纳已经到了。我从望远镜里看到，他走过斜平台往火堆走去，态度肯定，毫不迟疑，他知道自己要做什么。他似乎就是他们当中一员的样子，和大家亲切地打招呼，想在火堆旁边的水果箱上找一个位置。他走近他们，他们没特别看他一眼，也没特别和他说什么话。他站在火堆前面一会儿，一束火花蹿升到空中，然而他们根本没注意到他，或许根本忽视他的出现。我看到他想让人看见他来了，所以他向拉斯伸出手，挥挥

手，看起来拉斯被叫了过去。拉斯站起来，不情不愿
地往阿纳那边晃过去。

阿纳对他说了一些话，拉斯指一指斜平台那边，
显然是要阿纳和他一起走到那边去，也就是枕木放置
的地方。拉斯没多说什么，他叫了其他人过来。等大
家都过来了，围在阿纳四周，显然他们要他表演一次
刚刚他所承认的事情。阿纳很听话，我看见他无可奈
何的动作，不时望向拉斯和维珂，然而我也看得清清
楚楚，彼得·彭斯威和欧拉夫·窦兹就站在他身后。
等他们了解事情经过之后，他们让他站在那儿，大家
的头凑在一起，似乎在讨论什么，其间还不时望向阿
纳。最后，他们决定让维珂去告诉他他们的决定。维
珂走近他，打量了他一会儿之后，开始说话。她说的
话似乎让阿纳很震惊，不由自主向她走近一步，无助
地举起手。现在其他人也同时走近他，他们的要求很
显然让他犹豫了一下，然后他慢慢往岸边小径走去。

他走过场区，没看挂在我们吊车上的救生艇一
眼。卡陆克的猫咪跑向他，他也没弯下身跟它打招
呼，他心神不宁地经过锻铸厂，走回家里。他没说

一句话就走向他的床，然后把床翻起来，眼神凝滞。
"怎么回事？"我问他，"你全都告诉他们了？"阿纳
点点头，只是轻声说："我必须告诉他们，这是我的
错。"我说："你弄错了！不是这样的！"他紧接着说：
"我没弄错，你很清楚的！"他开始颤抖，他受到了伤
害，这根本不用怀疑，他们对他叫喊的话语，他们的
责难、咒骂，或许其中还不乏威胁。为了安慰他，我
说："阿纳，你不用把这件事看得太严重，因为事情
不顺利，所以他们现在只是在气头上，很快就会冷静
下来。"我的安慰并没有用，他摇摇头。他们不只是
责备了他，更深深伤害了他，伤得如此之深，连他自
己也不再认为他们还会接纳他。他不愿意多说，所以
我没再继续问下去。我坐回我的角落，搓卷着我的烟
草，我卷了很多，一边卷一边观察着你，看着你从小
床走到窗边，拿着望远镜一直看着他们的火堆那边，
以及木桥边沉没的小船。突然，你问我工具箱里面有
没有螺丝起子，我拿出三把给你选择，你拿了最粗壮
的一把放在枕头底下。我不想知道你要它做什么，或
是打算做什么。我想告诉你父亲的计划——其实也不

是什么计划，只是一个必须完成的工作而已，也就是去芬兰接手一艘报废的破冰船，然后带回我们拆船厂。"如果我们一起要求他，他一定会答应带我们一起去。"我说，"你想想，我们可以一起旅行。你想想，我们还可以一起去拜访拓夫。"阿纳诧异地看着我，脸上闪烁着兴奋的喜悦，他只问道："什么时候？""等一切都安排好之后，"我说，"还有一些事情要交涉。"他把螺丝起子从枕头下拿出来，走到窗户边，望着水边即将熄灭的火堆。现在我终于知道他的期待，他的计划了。

我手中所握的所有东西，都代表了一段过去时光：这个鸡蛋形琥珀，是一个立陶宛海员送他的；这一份报纸，上面刊登了我第一次发表在"青年记者园地"上的一篇报道；这个火柴盒，里面保存了每年除夕夜他自己灌注的铅模型。我一看到这些铅注模型，记忆立刻涌现至眼前：阿纳一下就看出来，那是一只准备进攻的虾。那天房间里面暖气很热，我们围桌而坐，桌上放了一只装满水的搪瓷碗。母亲希望我们跟以前一样玩注铅的游戏。除了拉斯之外，所有人都赞成，因为拉斯想和朋友去水边玩。不过维珂倒是说服了他，最后也是他去拿铅条切成汤匙般大小。为了表示感谢，父亲还特别让他喝了满满一杯苹果酒。要玩这个游戏，父亲心情很好，因为在除夕夜灌注的铅模型之中可以预测未来。在读铅模型之前，父亲说，夹心面包已经热好了，要我们先吃，所以大伙就这样吃起了夹心面包。

小烟火从海港向我们呼啸而来，还有一支支点燃的冲天炮，迫不及待地蹿升到空中，爆裂成一个个火光闪烁的星星。我们很想在此刻凑到窗口去，但是父亲把我们叫回来。他点燃火，排好顺序，很显然，大家认为我的未来变数最少，因此应该从我开始。他们把汤匙推给我，还有用来握住汤匙的木夹。所有人都静静地看着我，我把铅块凑到火上，那得花一点时间它才能完全熔化。灰色铅块开始滑动，一点点熔化，然后弯曲得像膀胱一样。一条银蛇流窜到汤匙边缘，我倾倒汤匙，铅滋滋响着流进盒子里。直到小小的蒸汽云产生后，水底才出现一个发亮的形体。我从水中把它捞起，放到灯旁。父亲问道："孩子们，你们猜猜看汉斯完成了什么？"

"一个墨水瓶。"维珂说，"不是，不是，是一个打翻的墨水瓶，还流着墨水呢。"拉斯紧接着说："那是一只放在水滩中的鞋子。""阿纳，"母亲问，"阿纳，你认为呢？你还没说呢，你得把那个铅模型拿在手上，转一转，然后再拿远一点看，你就会有答案了。""一只鸟，一只口渴的小鸟在喝水。""没错，"拉斯很得意地说，"汉斯得小心一点，否则他的饥渴会把他给毁了。"你一听，急忙解释你的诠释。"不！不！"你说，"我不是这个意思。而且，汉斯永远知道自己在做什么。"

父亲的解释幸运多了："我看像是在踩高跷。"维珂觉得那是一根电线杆，一根决定离家出走、另觅好地方的电线杆。而我自己则认为："可能会有一次旅行！"大家也都赞成我的解释。在阿纳倒出一只张牙舞爪、自我防卫的虾的时候，母亲却说："好了，我想大家该结束这个游戏了。"刚开始时，母亲是最想玩这个游戏的人，她想解释铅注模型，问我们的意见，现在她一下子不想玩了，把汤匙推到一旁，蹲在那儿沉思，也没说为什么不想玩了。"你到底怎么了？"拉斯问着，"每个人都还想继续玩，你别扫兴嘛！"母亲摇摇头，一只手捂在胸前，呼吸很沉重。父亲说："拿药水过来，倒几滴到茶里。"我们数着滴药水，看着母亲喝茶，然后她用力放下杯子。她转过头看着门，似乎在估量路途的长短。我们想母亲应该会立刻回房去，但是她一直坐在那儿。阿纳走近她身边，拿起一只汤匙，放上一个铅块。"爱莎婶婶，我帮你玩。"她迟疑了一下，阿纳接着说："你只要晃动汤匙就行了。"她笑了，虽然依旧迟疑，但是阿纳牵起她的手，放在汤匙上，很满足地说："就是这样！"他拿着汤匙走到火边，故意露出紧张期待的样子，相信这次一定有不同凡响的结果出现。一切似乎都在他的控制之中，他将熔化的铅用力摇晃，然后倒进水里。"好了，"他说，"现在完成了。"这个时候，一丝恐惧涌上我的心头。他伸手从水里拿出一棵树干短短的树，树枝上面还有两三个不对称的果实——或者也可以看成是水果吧。爸爸说："那是一艘拖船。""如果你们问我的话，"拉斯说，"那是一艘苹果船，妈妈将会是卖水果的农妇，要把水果送到汉堡果蔬市场去卖。"阿纳对这样的预言很感兴趣，于是继续接着说："爱莎婶婶，你会变成船长，我们每一个人都为你工作，但是你不必给我们钱，只要给我们苹果就够了。""南非苹果，"维珂说，"还有黄金苹果，我要这两种苹果。"爸爸说："我要喝最美味的苹果榨出来的果汁。"我说："因为没标价钱，所以你可以保留掉下来的苹果。"母亲仔细端详着铅注模型，这个被我们绘声绘色描述的小东西。但是我们的雀跃似乎仍感染不了她，或者她不愿接受这样一种强迫式的愉悦。过了一会儿，她也说出了她的诠释，我本来以为她会说出与众不同的答案。但是最后她却说："我们大家能够在一起，很好。"

在我们拆船场这里，天空中掉落了许多缤纷灿烂的星雨。维珂大喊着："快一点，不然就要错过新年了。"妈妈想继续喝茶，而我们在杯子里面斟了酒，迅速校对时间，随即忘了母亲。我们走到窗户旁边，看着开启新纪元的闪光。船笛声响起，我们相互干杯，维珂飞快地一一亲过我们，而我们只是相互握手，因为我们想继续看烟火、冲天炮、金雨、飘浮的金球、爆炸的太阳。光束从船上蹿升到空中，在高空中翻舞，然后爆裂开来，光雨四散而下。我们静静地看着整个过程，时而冲天炮还咻的一声，从窗户边呼啸而过，往吊车驾驶座那儿蹿飞。爸爸随即打开窗户，往下面看，因为有人在下面喊叫。楼下站了一些人，彼得·彭斯威也在其中，他想和维珂说话。维珂竟然拒绝到楼下，我很惊讶，她竟然不愿意跟彼得及他的朋友一起去海边欢度除夕夜，他们已经在那儿准备好了营火。不管彼得怎么说，维珂丝毫不为所动，最后她关上窗户以表示她的坚决。她帮我们倒酒，想和我们干杯。

虽然港口还在放烟火，但是母亲已经太疲倦，坐不住了，她想躺下休息。她靠在我身上，希望我扶她回房。她把阿纳为她灌注的模型放在床头柜上。铅模型闪闪发光，她坐在床上仔细端详着，不是想找出它的真正意义，或是证实我们之前胡诌的言论，而只是愉悦地看着那铅注的模型。

"汉斯，真好。"她说，"今天，我们全家人总算可以团聚在一起。这很难得，你能想到还有哪一天晚上是我们全家团聚在一起吗？"我说："圣诞节。"她接着说："圣诞节那天，你父亲必须领'瓦图西水牛号'回来。"她说得没错，我很惊讶她怎么能记得这么清楚。对新的一年，她希望不要有任何变化，她说："只要不更糟，我就心满意足了。""为什么会更糟呢？"她不回答，或许她知道太多而不敢说。一颗流星，或许只是一束迷了路的烟火，奔窜到卧室窗前就熄灭了。刹那间，母亲的脸上反射着光亮，我赶紧拉上窗帘，然后坐在她身边想陪她。然而她却说："去其他人那儿吧，我想躺一下。"

其他人都走了，只剩父亲独自在桌旁。他比了比手势，要我过去喝一杯特制的苹果汁。然后他递给我一个纸盒子，盒子里面有弧形的雪茄，新的，但是已经抽过了。"是一支彼德森雪茄，"父亲说，"邮寄的，没有寄件人。为了庆祝新年，我才会把它拿出来抽。"他说："你看滤嘴，上面镶嵌着英国银币。"我很惊讶，和其他旧的比起来，这个滤头上已经有了旧煤灰。我看着父亲，因为他很清楚这是谁送的，我没说出名字，只说："你什么也没说？"爸爸说："我不会说什么的。他以为没人发现，所以他很高兴，他真的很高兴。"

他给我们两个又倒了点苹果汁，又谈起公司五十周年庆，以及要在新年举行的庆祝活动。因为到时候会有很多客人，所以他要在场区搭一座庆祝帐篷。吧台和自助餐就放在入口处，客人可以坐在长板凳上，凳子前面有并在一起的桌子。"你们，"他说，"要坐在小桌子旁边当跑堂，也就是当服务生。至于船场的长官和议会代表，他们会发表演说。"他耸着肩，很快喝完，然后按摩着他的手指说："五十年了，汉斯，已经五十年了，我们很快就会被淘汰，就像那些被带来我们这儿拆卸的船只一样。我常常会思索到底有多少船只呢，那足足有一整个舰队。"我说："旧船拆了之后，就会建造新的。"他继续说："没错，这就是老旧的命运。"

他要我去拿拆船场的相簿，那里面有各式船只的照片——它们在完成最后一趟旅程之后来到我们这儿的照片。照片上面有手写的名字、船公司、吨数、拆卸时间、长度。这不是他第一次看这些照片，但是他仿佛在测量什么，在找寻那个让他一直不能平静的东西。到底是什么？他从不对我们说。他也不喜欢在他看这些东西的时候，我们从他肩膀上偷看，或是问他问题打扰他。我跟他说，我要去其他人那边，他并没看我一眼。

在楼梯间我就听见了"新好男孩"的歌声，我不想敲拉斯的门，而是直接把门打开了。我发现他们三个人蹲在地上玩骰子，他们很专注，一点也没注意到我。

他们每个人身边都有一个杯子，还有一堆钱币。我看得出来，维珂赢了不少，她正摇着骰子，要把在皮革杯里滚动的骰子掷到地板上。当她忙着数点数的时候，其他人的头也都凑了过来。阿纳在第二回合输了，维珂递给他一个杯子，要他喝水。他们就像死党一样，不期待谁会向谁道谢。他们玩得很愉快，还取笑拉斯，因为拉斯在掷骰子之前，很粗暴地摇着杯子，恨不得把幸运摇出来的样子。他们没邀请我参加这个游戏，因为没人想到，更何况他们人数也够了。当时我没马上离开，那是因为你，阿纳，因为你这么努力地玩着，因为你的持续力，尤其你对输的态度。我从没见过有人输了，还能像你一样有这么好的脾气。

　　他们三个参与行动者都已经告诉了我事情经过，虽然其中部分细节并不一致，但是我相信他们。他们全都证实：那个夏天，他们决定搭有桅帆船去北福士岛旅行，欧拉夫·窦兹带他们去一个残废的潜水夫那儿，因为他打算卖掉他的小汽艇。那是一个讨厌的男人，不让人讨价还价。付过定金之后，他保证他们有优先购买权。这一次他们能付出定金，都得感谢阿纳。不过他们也是久经考虑之后，才决定向阿纳透露他们的计划，同时保证会在船上留一个位置给他。阿纳很高兴，知道之后还去普诺仓库那边弄来一个罗盘——他早在"信天翁号"上就学会了如何看罗盘。

　　这次，他偷偷把罗盘拿进我们房间。阿纳一向很信任我，告诉我所有事情，包括他的期待、恐惧和他们的计划，但是他却没告诉我这件事，还把罗盘藏在放鞋子的木盒里。我在木盒子里面发现了这个罗盘，并没有把它和其他遗物放在一起，而是放在架子上，在他的书旁边。我决定让它永远留在那儿。

他们相互承诺不向别人透露这个计划——包括我在内。阿纳也和其他人一样，没告诉我这件事，这样让他感觉和其他人是一体的。有时候我感觉到他似乎有事瞒着我，并且感到痛苦，然而我当然也发现，他跟其他人的关系有了改变，其他人开始接受他。还不仅于此，在闪光酒馆的事就是最好的证明。

我很惊讶他们选在闪光酒馆碰面，那是我们旁边的一家啤酒屋，它就开在支流尽头的那一艘船上，那儿一向干净。当我走进啤酒屋的时候，他们已经点了啤酒和可乐，一副被我逮个正着的样子。我坐在他们旁边，但他们全沉默着，似乎在暗示我并不受欢迎。不过其他桌也全被占满了，所以我走到吧台，跟古伦点了一杯含酒精的汽水。从吧台这儿看过去，他们又凑到一块儿，很愉悦，似乎从未发生过什么不愉快的事情。彼得从口袋里面掏出一样东西，让大家传阅，传到维珂手上时，她把它拿到我面前。那是一个金属做的钥匙圈，美人鱼身上还有鳞片。古伦在他们桌旁放了一张椅子，表示我可以坐过去。但是我拒绝了，她也会心一笑。古伦，打从我认识她那一天起，她就一直穿黑色的衣服。

在一个有角的桌子旁边，坐了一个身穿大格子棉衬衫的男人。他望着前方，桌上放了一杯威士忌。只有当我们之中有人大声笑的时候，他才会抬起头来，瞪着我们看。阿纳正打算再点一杯可乐的时候，这个男人猛地拿起啤酒垫，然后将纸垫从手中丢出去。圆形的纸片飞过室内，打到了阿纳的脖子。阿纳于是转过身去，手摸着脖子，打量着这名男子。但是他一副无辜状，于是阿纳又转回身来。然而他们话都还没说到正题，这名男子又丢了一个啤酒垫过来，这次啤酒垫飞过桌子，打到阿纳的脸。这会儿，阿纳站了起来，拿起啤酒垫，准备丢回去，但是他不敢确定是谁朝他丢过来的，因此有些迟疑。维珂看见就是这名男子乱丢东西，因此跟彼得说了悄悄话，彼得又跟拉斯说了悄悄话，然后他们两人站了起来，似乎打算做什么，欧拉夫不发一语，也跟着站起来。他们三个人走到那名陌生男子桌前，这名男子沉默地坐着，不解地看着他们，最后用尴尬的手势请他们坐下。但是他们不理会他，我听不见彼得对他说了什么话，只见他把手上点燃的香烟丢入陌生男子的啤酒杯里。啤酒屋里很安静，我听见了香烟熄灭的滋滋声。于是陌生男子站了起来。这个时候我本来打算去干涉，但是拉斯在那名男子旁边说了一些话后，男人便走到柜台前，跟古伦付了账，然后看也不看一眼就摇摇晃晃走了出去。

他们又回到桌边，维珂仔细看了一下阿纳的脸，阿纳没有受伤。拉斯帮他点了一杯啤酒，他没拒绝，就这样跟他们一起喝酒。他们很兴奋，就算我坐到他们那一桌也无所谓了。我可以看得出来，他们已经接受阿纳进入他们的小团体。他属于他们，在他们身边，他觉得很舒畅。我并不惊讶他不跟我一起回家，而是让我一个人走。他请我谅解，因为他还想在那儿多待一会儿，和他们在一起。我了解他的心情，也为他感到高兴。从窗户外面，我又看到他们的头凑在一块儿，听彼得·彭斯威说话。

阿纳，你总是让步，也不考虑后果，从不表达你的想法，因为只要你能属于他们，加入他们的团体，你就很高兴了。在闪光酒馆里，你参与了他们的计划，那是一次计划周详的行动。这一天晚上你们讨论着如何才能买到那艘汽艇，因为"欧立安号"的小艇对你们来说根本不够。你接受了他们分派给你的角色，因为你认为那不会有什么问题。然而你却太晚才发现，事实上他们对你有所隐瞒。

昏暗之中，他们出发了。一如之前说好的分头进行。阿纳单独穿过拆船场到水边，在木桥上坐了一会儿。他看见探照灯在场区亮起，在仓库消失后，又再度亮起，灯光直到锻铸厂后面才完全消失。阿纳站了起来，走过拆船场，经过自由落体高塔，经过船运公司办公室，一直走到卡陆克的住处。卡陆克正坐在桌边喝茶，还穿着巡逻时候的皮夹克，他的手电筒也还在旁边。

阿纳敲了敲窗户，卡陆克一看见是他来了，随即要他进来，给了他一杯茶。阿纳思索着该怎样拖延和卡陆克聊天的时间，延缓他出去巡逻，或许多编造一些芬兰朋友拓夫的故事说给他听。可以确定的是，卡陆克的工作台很吸引他，他很惊讶这些绳索和绳结是怎么弄的，他也尝试用绳索打一个圈，然后把绳索尾端松散的绳股编绑在绳圈上面，但是他怎么也无法完成。他请卡陆克帮忙。卡陆克坐到他旁边，把绳股一上一下编织在一起。他不喜欢工作只完成一半，所以继续编绑，直到完成一个完整的绳圈。他递给阿纳一段绳索，要他照做，阿纳试着依样画葫芦。但是他编的绳圈还没完成，卡陆克已经起身，准备出去巡逻。他保证会尽快回来，希望回来的时候，阿纳已经完成一个完整的作品了。

起初，阿纳只是独自一边编织着，一边想着卡陆克，想到他走在腐朽的救生艇之间的情形。于是他走出小屋，静静地站在门口等待，等那一束漫步于场区的手电筒光束返回。然而没有任何地方有光线，他看不出卡陆克是走哪一条路。阿纳跑开了——之后他叙述这件事时，并不是说这是之前说好的，而说这是承诺。他跑过场区，一直跑到锻铸厂，看到了小货车：

他们正在搬货。拉斯从厂房窗户里递出铸好的铁块、铜块，欧拉夫和彼得接下之后，一一放在小货车上。拉斯每搬一次，就说一次，要他们赶紧把东西放好，不要掉到地上了。而维珂就坐在驾驶座旁边。当阿纳听见拉斯的声音，看见其他人在搬货的时候，他只是呆站在那儿，不知道该说什么。过了一会儿他才回过神来，他走到他们之间警告他们，卡陆克出来巡逻了，一如他之前所"承诺"的。然后他进入锻铸厂，叫了拉斯好几声，但是拉斯不见了。站在敞开的窗户前面，他听见他刚才的警告声不断被重复，还有他们匆匆忙忙的声音，他们匆忙捡起地上的金属块，丢到货车上。

他很想走到他们那边去，但他看到突如其来的亮光，不由自主弯下身。当他听见卡陆克生硬的叫喊声从不远处传来，他开始颤抖。他听到嗒嗒声，卡陆克喊了好几次："站住！"不用从窗户看出去，他也知道，彼得吭喝着，然后是一阵拳打脚踢。有人开始呻吟，还有东西掉落到地上的声音，阿纳知道，那是卡陆克的手电筒。之后，他听见彼得的命令声，随即货车门关上了，引擎启动。阿纳不敢动，紧紧蜷缩在厂房的墙边。引擎声渐渐变小，货车渐渐上了柏油路。

过了一会儿，他站在窗户旁边往外看。虽然他看不清楚那个在黑暗中呻吟的人究竟是不是卡陆克，但是他可以确定那个人就是他。阿纳摸黑走到门口，推开重重的木门，他发现地上有一个手电筒，于是拿了起来，同时打开它。卡陆克在大汽油桶前面，他不是坐在地上，而是上半身靠着大汽油桶。当光线照到他时，他停止呻吟。阿纳走到他身边，他把手放在阿纳的肩膀上，让阿纳搀扶他回家。此时此刻，他们什么也没多说，只是往卡陆克的小屋走去，光线在他们面前晃动。到了卡陆克的小屋，他们停了下来，卡陆克依然将手臂放在阿纳肩上。阿纳很小心地将卡陆克搀扶到卧室，扶他躺到床上，然后问他："有什么需要帮忙的吗？"

卡陆克并没有回答，只是凝视着他。阿纳只想知道他哪里不舒服，但是卡陆克什么也不说，阿纳根本什么也不知道。就算阿纳跟他说芬兰语，对刚才发生的事情感到非常抱歉，卡陆克也还是不说话，只是静静地躺在那儿，凝视着阿纳，或许他决定再也不跟阿纳说话了。他不看阿纳端给他的凉茶，也不看阿纳放在床前的手电筒。他们很专注地彼此对视，一个是渴求的眼神，另一个则是冷峻而深究的眼神。最后阿纳放弃了，不再问问题。或许他受不了这个注视他一举一动的目光，或许他再也无法忍受这样的沉默，他离开了卡陆克。

阿纳上楼时步伐很轻，我虽然已经躺在床上，但还很清醒。他本来想在黑暗之中溜进房间，却在无意中踢倒了我放东西的小凳子，他怔住了。我说："你可以开灯！"他花了好几秒钟才敢去开灯。泪水在他脸颊上不停流着，他的呼吸急促。他一手捂住胸口，转身面对房门，似乎打算要离去。我从床上跳起来，命令他坐着，要他看着我，告诉我发生什么事了。他开始颤抖。我接着说："你快说！"他看着地上，于是我推起他的下巴，抬起他的脸，要他现在就说。

"因为他们把卡陆克击倒在地上。"他先是这么说，接着是混乱无章的句子，说了有关装箱的金属条、小货车，还有在锻铸厂的那一刻。慢慢地，他恢复了平静，他告诉我他们分派给他的角色。他在大桶旁边看到卡陆克，靠近他，带他回家，但是卡陆克对他提的问题，一句话也不回答。他说："我想，他不想再跟我说话了！"他意识到眼泪流过脸庞，用袖子拭去了泪水，站了起来，走到门口。"留在这儿！"我说。我拉住他的手腕，我知道他打算做什么。我说："时间已经很晚了，父亲也睡了，有什么话明天再说好了。"阿纳轻声说："他必须知道这件事。"我接着说："他很快就会知道，卡陆克替父亲工作，他会向他报告。"接着我问他是谁开的货车，他说是彼得。"他们装了很多吗？""很多，但不是全部，还有一些金属块留在厂里。""你知道他们去哪儿了吗？""不知道。""你们谈过钱的事吗？""没有。""你看到是谁击倒卡陆克的吗？""没有，当时我在锻铸厂里面。"我确定，阿纳说的都是真的。他全说了。

他现在站在我面前的样子，茫然无助，似乎在恳求帮助。我觉得很难过，但是我不能对他眼神中的请求和期待给出承诺。我不能保证一定能帮助他，甚至不能给他希望，承诺到时候会帮他说话。我只说了：

"脱了衣服，上床睡吧！"他顺从我说的话，一举一动显然充满感谢，似乎只要我说得出口，他就愿意完成我交代的任何事。我拿起羊毛毯盖在他身上，然后帮他把脚底的毯子塞紧，他微笑了，一如以往我帮他盖被子时候的模样。

我从窗户看到，卡陆克的房里还有灯光，于是我穿上衣服，没说一句话就离开了房间。阿纳没问我要去哪儿。他坐了起来，对我点头，似乎对我的计划表示赞同。我溜着楼梯边下去，离开房子，从吊车底部往上看，看到我们窗户的灯还亮着，阿纳并没有熄灯。

我敲了卡陆克的门好几下，他才出来开门，他的猫蹭着我的脚，然后走入黑暗之中。他不发一语，比了一个手势要我进去。他坐在床边，似乎对我的来访一点儿也不觉得惊讶。他没多说话，似乎也不准备多说什么，只说了："是我没注意，汉斯。"同时他指着后脑勺，他的伤口已经被血渍和头发盖住了。我帮他把伤口消毒，因为他没有创可贴，所以我放了面巾纸在上面。他只是静静地坐在那儿，任凭我帮他处理伤口，等着回答我的问题。

他不知道有多少金属块被运走，不知道会被卖给谁；他也不知道是谁打了他，只知道他们都在锻铸厂，但是他认得他们的声音。卡陆克记得是阿纳帮助他，扶他回家。"我们的小红雀"——他一直这么称呼阿纳，他找不到更适当的词来形容他。但是卡陆克并没有明说，对他而言，现在的阿纳是不是和其他人没什么不一样了。我想替阿纳说好话，但是我有点迟疑，最后还是算了。卡陆克知道阿纳的历史、他的能力和特质，阿纳是他放在心上的人，他喜欢阿纳。我相信阿纳可以为他参加这次行动找到一个好解释。但是卡陆克一直到最后都没说他会不会原谅阿纳。为了安心起见，到了门口我问他："你什么时候要跟父亲谈呢？""明天一早。"他说，"明天一早，等老板进了办公室之后。""你会告诉他什么呢？"他说："所有的事。""所有的事？"他说："老板有权知道所有的事情。"接着他又轻声说："这是我欠他的。"

我不知道是什么吸引我到锻铸厂，或是我希望在那里找到什么。我在拆船场区里四处漫步，仔细倾听着，站在高塔边，望着远方，但是没有任何汽车灯驶近的迹象。他们不会回来了。锻铸厂一如往常开着，虽然我知道开关在哪儿，但是我还是摸黑前进。我的脚碰到等待熔铸的金属，手摸到圆锅，最后我来到堆金属块的墙边，摸着剩下的金属块，只剩三排了。明天一早工人就会发现金属块不见了。我坐在铅块上点了一根烟，外面微映着昏暗的亮光。透过破玻璃窗，我看见月亮升上易北河面。窗槛上还残留了一些破玻璃，我朝场区看去，我以为会看见蜷曲的身影走动，但是没有影子在移动，也没有人偷溜进屋子里面。窗户旁边突然出现一个人头的阴影，有人往里面看，一阵滋滋声响后消失了。我听见迅速远离的脚步声，于是把在惊乱中拿起的金属块又放了回去。我很惊讶我竟然抓得那么紧，或许是打算拿它来当武器吧，虽然我根本想不起来自己到底是何时拿起它的。

我在锻铸厂待了一会儿之后，溜到了普诺仓库那边。我相信，也准备好将在那儿遇到某些人。我走到外面吊着大锚的吊车附近，看见我们的窗户依旧亮着。我突然开始害怕阿纳出事，会遭遇他从未碰到过的事情。我第一次感到莫名的恐惧，于是我抄捷径回去。在进房门之前，我先站在门口偷听。阿纳睡了，他侧着脸睡，脸上表情轻松，没有害怕或担忧的痕迹。他的大拇指放在嘴里——有时他沉思或倾听的时候也会这样。我站这么近看他，他应该可以感觉到我的呼吸，但是他没醒过来，而他翻身拿枕头的时候，也还是在睡梦中。

我拿起凳子走到窗边，把灯熄了。我拿着望远镜观察车辆稀少的街道：他们应该会从那边上来。我还没想到该如何处置他们，不过等他们站到我面前的时候，我就知道了。一艘油轮驶近易北河，油轮闪着灯光，连水果仓库也被照亮。油轮停在远洋码头。从望远镜里可以看到船靠岸，我将目光迅速转回大街上，但是没有任何车灯透露他们回来的迹象。我从场区望向海鸥和野雁栖息的水岸边，也都没发现他们的踪影。卡陆克小屋的灯还亮着。

我不知道在这儿坐了多久，只知道后来我把望远镜放在一边，换了衣服，然后瘫在床上。我强迫自己清醒着，我要等他们回来。当我听见阿纳均匀的呼吸声时，或许我也睡了一会儿。当我听见羞涩的发问声时，我立刻醒了过来。"汉斯，"你问，"你在这里吗？"我说："是的！"你先是沉默不语，好像那就是你想知道的全部，但后来你又问："天快亮了吗？""还没，其他人还没回来。"过了一会儿，你才又问："你会一直留在这儿吗？""我会一直在这儿。"

阿纳留下的大部分东西都已经分送或打包好了。纸箱和行李还没上锁，但我已经累了，所以决定将剩下的东西全部用毛毯包住，以后再用帆布盖住。其间父亲已经来过两次，他焦虑不安地说："只要我知道你在这儿打包，我就没办法平静下来。"他一边说话，一边把装在玻璃瓶里的船递给我。我一眼就认出，那是照他曾经搭乘过的"伊丽莎白实习号"原船仿做的。因为我迟疑，没立刻接下这个装了船的瓶子，他拿到我面前说："包进他的东西里面去，这已经不是我的了，我送给他了，只是他忘了拿走。"

他坐在我的床上，点燃烟斗，观察周边的东西。父亲很惊讶他怎么会有这么多东西。他突然说："或许你觉得很不寻常，但是我有一种感觉，那是属于他的。我是说，那艘船，是属于他的。虽然他从不曾摸过它，但是在事情发生之后，我再也没办法留下它。"

我不知道他把"伊丽莎白号"送给了阿纳，也不知道阿纳竟然忘了带走。那天早上，阿纳出现在办公室，想单独和父亲谈一谈。父亲很清楚记得那天见面的情形。当时他并不讶异阿纳一早就出现在办公室，要告诉他昨天晚上出了什么事，因为卡陆克已经告诉他了。只是他不敢相信，阿纳竟然按捺这么久才来。他让阿纳站在办公桌前面，没对他严词呵责，只是一直看着阿纳。当阿纳打破沉默开始说话时，父亲也没让他知道，他心里已经盘算好怎么处置所有参与者。

"我不知道为什么，"父亲说，"我不想审判他，只想听他说出来。"阿纳告诉他，他们的计划是买一艘性能好的快艇，然后驾着快艇出游。他也提到了他们的目标，以及他们保证会让他在船上有一席之地。为了把沉重的负担卸掉，为了能够赢回他以为失去的东西，他招认了所有经过。父亲始终不发一语，默默听着，只有当阿纳问到卡陆克的时候，他才开始说话。阿纳结巴地问着，卡陆克是否不舒服，他能不能自己行动，需不需要人搀扶。父亲告诉他卡陆克已经来过了，而且他什么都说了。阿纳似乎想解释什么，想回答什么，但是他七零八落地说了一些话，然后开始颤抖，流泪，他几乎站不稳了。

父亲走到他身边，要他坐在一张椅子上，跟他说话，要他平静下来。父亲把手臂环抱住阿纳的肩膀，这样的动作，不需要多说什么。但是他还是不能决定，是不是该立刻告诉阿纳，他原谅他了。就算他听到阿纳说他很懊悔，他还是不能决定。过了一会儿，阿纳回过神来，开始沉思，凝视着父亲放在窗台上的玻璃船，那是别人送的。然而吸引他的并不是那艘船，而是镶在底座金属板上的名字。父亲也注意到了，因为阿纳不好意思发问，所以父亲说："那是'伊丽莎白号'，你应该知道我当时和谁一起在船上。"他说："那艘船不完全一样，如果是我那艘旧帆船，我马上就能认出来。"

他从窗台上把装船的玻璃瓶拿下来，放在办公桌上。"仔细看哦，在驾驶舱甲板两侧有救生艇，我们当时是船上的船员，你父亲和我有责任要让船持续航行。"阿纳并没有发问，或者他在压抑他的问题而没有提问。他沉默地看着三桅帆船的模型，不发一语，一动也不动。父亲说："我看到他的嘴唇颤抖。他握着我的手，紧紧地握着。然后他站了起来，走了出去。"阿纳决定沉默地走出去。但是父亲把他叫回来，要把这艘船送给他，阿纳没有抬头望一眼，没有惊讶或是喜悦的表情。"我必须把这个东西送给他，"父亲说，"当我想知道他想不想要这艘船的时候，他只是点点头，就这样而已。然后阿纳转身离开办公室，他没说要去哪里，有什么打算。"父亲提醒他，他忘了把船带走，他也没有反应。他忽视了它，忘了它。

我看这个礼物越久，越犹豫是否该将它放进阿纳的遗物里，看来父亲要我做决定。他坐在床上看着我，期待我会做出什么决定，或许那艘船有什么特殊意义，而他却故意瞒着我。当我把它远远地放在行李箱和纸箱后面的时候，我不知道他是否满意。然而他却突然从床上跳下来，在我肩上一拍，带着神秘的感激之意。走的时候，他说："汉斯，你看起来很累的样子，别弄太久了。我去睡几个小时，希望现在我能睡得着了。"

我绝不会忘记，阿纳，你是如何从办公室走出来，走回家。你一定看到窗户边的我，你也看懂了我的手势。正当你准备朝我走来的时候，维珂和拉斯出现在场区。你们走向彼此，也就是说，你为了去和他们碰面，改变了原来的方向。在距离他们几步之远的地方，你停下脚步，然而他们却看也不看你一眼，从你身边走过去，完全无视你的存在，仿佛你是一个木桩，为了不撞上去，所以绕路从旁边走过去。你站在那儿很久，竟然讶异地要他们解释，为什么对你视而不见，为什么排斥你。

阿纳没看到他们两个经过仓库走到卡陆克的小屋去。他们敲了门之后，进去了。阿纳突然改变想法，他不想回家，而是转过身，到水边去了——那个昔日旧渡船的浮码头，现在则作为火刀切割的场地。有个工人从远方向他挥手，他也挥挥手。我很惊讶他爬上了那艘小船，他以前从不曾一个人爬到船上，至少我从不曾看到过。他解开绳子，手握着划桨。他笨拙地把桨放入水中，不顺畅地划着。

刚开始，我以为他要划到老渡船那边去。然而他在沿岸不断用手划桨，有时他会举起船桨，让船自己漂动。到了欧拉夫的父亲，老窦兹，放置浮标的地方，他竟然也没停下，而是继续前进。河上有一艘拖船往船场接近，他举起划桨，让舢板随水波晃荡。然后我看不到他了，我想他一定是划进了水果货船停靠的港口里。我一直在找他，但是他一直不愿意出现。他一直没出现。我想他一定是往易北河去了，至少我是这么相信的。

我穿上衣服走下来，母亲在走廊上拦住我。她说："早餐弄好了，叫阿纳下来吧！"我说："好"。本来我想先去办公室找父亲谈一谈，但是他有访客，所以我决定去找阿纳，把他带回来。舢板里的木板在漂浮，我得把里面的水舀出去。为了不引起注意，我弯着身体，用小水瓢舀水。吊车上的驾驶员看见了我，他把手放在帽子上和我打招呼。我启动了马达，解开绳子放在旁边，这个时候我想到，或许我会需要这条绳子。和阿纳一样，我沿着岸边航行，但是一场又急又快的阵雨模糊了我的视线，远处易北河上有一艘大货船请求拖船援助。这阵雨又猛又急，仿佛全国的人都得听这场暴风雨的命令行事。

我把引擎关了。阿纳的小船就停在这一条支流汇入易北河的河口处，在漂着红白浮桶的水道上浮沉。我没看见阿纳。我慢慢开近，我想阿纳应该坐在舱外，或是躺在舱内躲雨吧。但是我旁边这条船是空的。水流拉扯着浮桶，拉扯着小船，一路流进漩涡里。突然，我开始慌张地四处寻找，心中涌现莫名的恐惧和悲痛，我大声喊叫他的名字。我移开小船，顺着水流而行，经过了木板、瓶子、罐头，我的目光一直不断寻找水面上的阴影。有人从拖船上面吆喝我离开，因为我切入了他的航道，这样很危险。他在拖船上摇摇头，因为我差一点撞上它了。我经过船坞的灰墙旁，那儿没有什么动静，没有亮光，只有风还吹着。我举起他的灰大衣，挥向海鸥，海鸥群尖叫着飞起来，然后停在舢板后方的水面上。我继续前行，没往上看，差一点撞上麦斯克邮轮。到了大拆船场的斜码头，我放弃了，于是转身回航。

回航时，我仍在水中不断寻找。我静静地尾随在挖土机后面，但是你依旧没出现。而我必须假设，易北河水已经将你带进水底深处，绑架了你。我把原本绑在浮标上的小船松绑，但是为了不让小船乱撞，我缩短了绳子。我找不到可以站稳的地方，只好坐在船尾的坐板上。这个时候，我胸口的压力越来越大，太阳穴仿佛有个夹子越夹越紧。当我航回支流的时候，一艘水警巡逻艇经过旁边。我向他们挥挥手，要他们停下来。但是他们没停下，而是继续航行，或许他们以为我挥手是向他们打招呼，或许他们根本没看见我。

父亲站在码头上，我从远处就看到了他。虽然下了一阵雨，他还是站在那边，似乎等着接我丢过去的绳子。他没叫我，也没帮我停船。直到我把船固定好，他才伸出手来扶住我，他问："阿纳人呢？"我没马上回答，他又问："我要知道，阿纳在哪里？""小船上是空的。他把它绑在第一个浮标上。"父亲又问："他单独出航吗？""是的，只有他一个人。"他不再多问，似乎已经知道，只是凝视水面。他站在那边的样子，让我不敢跟他说话，也不敢告诉他，我已经找过了。当他缓缓转身时，我不敢走在他旁边，我让他先走。他走到吊车旁边时突然加快脚步，走向办公室。

父亲在打电话，他闭着眼睛坐在办公桌前面打电话。我在窗外站了很久，直到他放下话筒，我才走进去。他不是对着我，而是对着桌上的日历说："我已经报案了，他们会找到他的。""我之前碰到警察了，"我说，"我想拦住他们，但是他们没注意到我。"他点点头，他觉得自己似乎被我观察着。我终于忍不住了，我问："你真相信阿纳会这样做？"他静静地看着我说："我们必须有心理准备。"我问："为什么？"他的手势无助又茫然，他说："你一定不相信，但是只要有一点点动机就够了，你可以不相信！"他的头前后摇晃，喃喃地说了一些话，然后把手放在桌上，就这样坐了一会儿之后，他疲惫地站起来，他说："留在电话旁边。我必须和你母亲谈谈。"他走到门口，又说："我们现在只能等待！"

没有一天父亲不打电话给他的水警朋友，没有一天我们不问起你。母亲甚至在你常坐的位子摆上盘子，我们只希望你会突然出现。我们始终无法相信，你未留下只字片语就离开我们。起初我以为你会留下什么东西给我，枕头下，三角柜里，但是我没发现任何东西。父亲写给养老院的信被退回来了，上面写着：收件人已殁。

我们等了整整一个月，我们相信，有一天会意外地看见你坐在驶过的渡船上或是巴士上，就像期待已久的人会突然现身一样。但是最后，我们不得不承认，你依旧没出现。

其他的遗物，毛衣、裤子、蓝色的海军围巾，我放在毛毯上。我很疲倦了，我时而有种晕眩的感觉，仿佛在晕船，放在我身边的东西也在晃动。我没把毯子包起来，也没把箱子锁起来，我只是坐在凳子上，看着我自己的工作成绩。我听到了脚步声，我以为是他，他那小心翼翼的脚步声。我慌乱地想着，等他进来我该如何跟他解释呢？为什么他的东西被收起来、被打包？但那不是阿纳，是拉斯。他胆怯地走了进来，想看看这些遗物。他不发一语，不激动，只是站在那边看着，如此之久，只是静静地站在那边。他的目光穿过空柜子、空箱子、曾挂着波斯尼亚海湾卡片的空墙。他耸耸肩，叹了口气，然后站在我身后，把手搭在我肩上，我可以感觉到，这个时候要他说话是一件多么痛苦的事。最后他说："想大哭一场，不是吗？"我没回答，他又说："对我们来说，都很难受，不是吗？"我说："是的，拉斯。"他在我身后又站了一会儿，我可以感觉到他在衡量什么，似乎在打算什么。我感觉到他的手指在我背上移动着，从我衬衫上拔起什么东西，揉搓着，然后又放下。他走到我面前，摸我的脸颊。

"不！"他说，"就这样了。"他问也没问我一声，就走到那些属于阿纳的东西中间，他那张像猎犬的脸上露出坚定的神情。他弯下腰，把波斯尼亚海湾卡片挂回墙上原来的位置，然后钉好。经过他挑剔的审视，他很满意。然后他从箱子里面拿出木板和航海绳结，一一放回原来的位置。他用手掸一掸芬兰语语法书上面的灰尘，把它放在阿纳的书桌上。那条红白相间的编织绳，他在手腕上试了一下之后，放在了门把上。

　　其间他看也没看我一眼，并不理会我是否赞同他的做法。他把好几样东西拿出来，放回阿纳原来放的位置。我很惊讶，但我没叫住他，也没问他为什么这么做。有时当他停了下来，只是站在那儿的时候，我反而希望他继续做下去。因为把这些东西放回原来的位置，这正是我们的期望——"时光倒流"，谁也不必多说什么。他停了下来，点燃了两支烟，递给我一支，然后坐在我对面整理出来的救生衣上，我们没人提到阿纳的名字。在环绕我们的沉静之中，我知道，我们希望阿纳回来。

附录

叙述，是理解的更好方式
——与西格弗里德·伦茨对谈

西格弗里德·伦茨在2008年接受了《时代周报》记者乌尔里希·格赖纳和亨尼希·聚塞巴赫的采访，本文为该采访节选。

您再次选择了年轻人的叙事视角。您的作品似乎偏爱这样的视角。

之所以选择年轻人视角——包括在其他书中，例如《德语课》——是因为叙述对我来说，与学习如何生活有同等重要的意义。要让自己清楚了解这光怪陆离的万象人生，叙述是一种自我解放。叙述，是理解的更好方式！因此我把讲故事的冲动委托给一个年轻人，在叙述的过程中，他找到自己，并学会生活。

从您自己的经验来说，青年是人一生中最敏感的阶段吗？

我们在年轻时学到的东西，不仅仅是影响了人生的一小部分，而是几乎决定了全部人生。对我而言，讲故事为我提供了一种契机，让我能对某些困扰、某些经历有更清晰的认知。我的目的并非是清算，而是为了能够看透。我这个高龄作家，总是通过一个年轻人进行叙述。我将自己附体于这个年轻人。我是那个讲故事的人——而且是通过一个他者完成了叙述。

对您来说，把自己放在一个年轻人的位置上，是否比一个中年人更容易？

我从来没有想过这个问题。或许有可能是这样的吧。

一个五十岁的人也许根本不会问自己这样的存在性问题。

或许是吧。作为一个高龄作家，我常常忍不住回忆过去。我会想象：如果不这样的话，又会怎样？如果你拥有再次选择的权力，如果你不得不重新做出抉择。我曾在一些小说中尝试展现这一点。你注定要做出决定，寻找解决方案，而且你知道：无论你做出什么决定，缺陷与不足将永远存在。尽管如此，你却不得不这样做。这就是我感兴趣的点：处于决策危机中的人。

对您来说，失败是一个永恒的主题。

我总是想起我在马祖里①的祖母，她是一个伟大的讲故事的人。她总是带我去教堂围观婚礼。这个老妇人总是站在一旁，满怀期待。有时新娘和新郎出现了，她会抚摸我的头，指着那两个人说："小家伙，他们不可能走到最后。"这是一种颠覆性的认知，当时的我并没有感到诧异。一直到八十岁的时候，这才令我惊讶。"小家伙，他们不可能走到最后。"她的意

① 马祖里（Masuren），原本位于东普鲁士南部地区，今隶属于波兰东北部的瓦尔米亚-马祖里省，波兰语称 Mazury。——访谈注释均为译者注

思是：从长远来看。我们都有一些基础性的经验，在某些特定场合，我们可以用到它。现在我可以回顾过去了。

您的祖母是被她的丈夫抛弃的。还有您的母亲，也是一样。缺少父亲的，有时甚至是无父无母的男孩，一直是您非常关注的主题。

作为一个作家，你讲述的是什么，想要摆脱自己是不可能的。无论你想写什么，你都揭示了自身存在的一些情况。你不可能在书写别人的同时，不论及自己。就是这样，我正是要回顾，什么是内心深处真正困扰自己的问题。

当一个作家的作品被列为中学生读物时，可能是件很糟糕的事？

不，根本不是这样。最近我去诊所时，主治医生说：真高兴能与您握手。我说：看在上帝的分上，只有死神才会这样问候你！您必须告诉我您开心的原因。他说：我的高中毕业论文，写的是关于您的作品分析。我说：然后呢？他说：多么美妙！年纪大了，什么都可能发生。

实际上，一个作家是否有可能某天不再是作家——就像一个泥水匠，在完工后就不再是泥水匠一样？

你要么是一个作家——要么就不是。是一个作家，你就会不停地写作，即便你有时手中没有笔。仅仅在感知的质量上就有很大的差异。我们作为作家，不得不时时刻刻承受各种感官的刺激。

所以当您去海滩散步的时候，您不只是在海边漫步，而是把每处风景、每次冲浪都看作是一个文学题材？

不，我并没有让我的存在如此斤斤计较，分分钟都在审视一切，看它能否适用于我的写作。但我会以一种保守的方式参与其中，会有意识地对其他事情进行调查研究。在写《德语课》时，当我想象石勒苏益格-荷尔斯泰因州西海岸的云层是如何形成的，想象

力似乎捉襟见肘。我去了几次塞伯尔①，诺尔德②住
在那里，画了他引人瞩目的云层，并把它们从现实中
带走。

为什么您的小说几乎都是以偏远地区为背景的？

我去过这个世界上的许多城市，注意到这样的一
个现象：满足我们的东西、主宰我们的东西，都在边
缘地带。身处边缘，那里会发生不幸，令人心碎，灾
难频仍，让人不得不放弃，告别自己的希望和愿景。

大城市从来没有吸引过您？

不，不，不。先生们，我来自马祖里的沼泽地。

---

① 塞伯尔（Seebüll），位于德国石勒苏益格-荷尔斯泰因州北部，
诺尔德旧时住所与工作室坐落于此，它也是如今的诺尔德基
金会所在地。
② 埃米尔·诺尔德（Emil Nolde），1867 年 8 月 7 日生于德国与
丹麦边境的村庄诺尔德（Nolde），1956 年 4 月 13 日卒于塞
伯尔（Seebüll），1906 年至 1907 年曾短暂参与过桥社（Die
Brücke）。他是德国表现主义艺术先驱，也是 20 世纪艺术界
最伟大的水彩画家之一，其作品以简明的形式、极具表现力
的色彩、丰富的内在情感表达而闻名。

那里的地平线非常低。所有的一切都一目了然，实实在在。而这对我来说已经足够了。

有一回您差点溺死在沼泽地……

……是的，在小埃乌克湖。这可能是我与水产生了某种特殊关系的原因。

在身为作家的这些年里，您是否培养了某些仪式感，比如在固定的时间写作？

是的，但不像托马斯·曼那样一丝不苟。清晨和上午是我最好的写作时间。如果可以的话，一般是四个小时。在下午，我有时会振作精神再写一会儿。我从不在晚上工作。

您还需要什么？

一些茶，还有烟斗。

您写作之前要先写笔记或者大纲吗？您会准备便签盒吗？

一开始会记录一些概念和关键词，以便后面有个提醒。但我没有便签盒，没有大型的图表和草稿，包括在写《家乡博物馆》和《德语课》时，也没有这些东西。

这意味着您对写作过程有很大的信心。

我知道它的结局。但在写作过程中，会涌现很多新的东西，有时我会进行大幅度的修正。我在抽屉里放着一大摞文本，那是我从中删除的部分。

那么您开启一部新作的契机是什么呢？

是想证明什么。你想用你写的一切来证明什么。这需要论据和动机。有时在写作过程中，论据和动机会变得清晰。但有时并不如此。

您会回避自己在十年、二十年甚至五十年前写的句子吗？

对于我的书，我不读第二遍。我试过一次，发现这是不正当的行为。第二次读这些书时，我感受到一种想要重写、改写一切的需求，并对这种需求感到惊讶。因为我意识到：今天你的年龄更大了，今天你对与之相关的冲突更有把握了。然后，作为一个马祖里人，我对自己说："小家伙，回到地面上来吧。在那个时候，以这样的方式去感受和表达，正符合你的能力范围。因此，你对二十四岁或二十六岁时笔下产出的东西，应该感到该死的满足。"我不想傲慢地轻视曾经的我。

所以您后来一直没有改变？

没有。从来没有。就一直这样。

您写日记吗？

不。我只写过一次日记。当时有人邀请我去美国。我可以去见我想见的人，去认识我想认识的人。我为我的妻子写了一篇日记，向她讲述那次漫长而难忘的美国之旅。那也是一个政治上有趣的、令人兴奋的时期，因为赫鲁晓夫刚刚把导弹指向古巴。

您当时在政治上非常活跃。你和格拉斯一起为社会民主党竞选。你和维利·勃兰特曾是朋友。你与赫尔穆特·施密特一直保持着朋友关系。今天，社民党的命运是否还与您的内心息息相关？

当然了。我怀着某种沮丧的心情，关注社民党在经历了内部纷争之后的处境。但是，要像过去一样，和友人一起再次发表选举演讲？离开书桌对我来说很容易，因为我曾对那些人寄予希望，那些愿意处理反对意见、讨论提案的人。而且我过去可以向选民解释，为什么我信任维利·勃兰特和赫尔穆特·施密特。但现在，我年事已高了。

只有年龄这一个理由吗？还是说这也与政治家有关？

那也是原因。因为他们对于要做什么，意见并不一致。你每天都能看到这样的画面。

1970年，您和勃兰特一起去了华沙，您目睹的下跪行礼场景，在后来成为了历史性时刻。您对此有什么感觉？

我被感动了。我被深深地感动了。然后我想：我的上帝，一个有这样履历的政治家突然认识到，一些可怕的事情发生了，尽管该负责任的并不是他自己，而是他的同胞。

您支持承认奥得河-尼斯河的边界，也就是说，恳求与波兰实现和平。人们几乎已经忘记了，您这样做在当时招致了多大的愤怒，您的读者也不记得了。

是的，他们把我的书扔到花园。我预见到了这样的怒意。然而，某些事情必须要有人开口。

您的家乡埃乌克①邀请您回去看看，它现在属于波兰，但您从来没有回去过。

那是在我的人生中已经结束的章节。我没有感到思乡之苦，当然也没有感伤。现在生活在那里的人们，依然有着朝不保夕的忧虑，担心在战争强国的某

---

① 埃乌克（Lyck），德语原名为东普鲁士马祖里地区的吕克城，今属波兰，受瓦尔米亚-马祖里省管辖，波兰语称 Ełk。

个协议中、在某个时刻再次沦为难民。

没有感到思乡之苦，还是说您是想远离故乡？

不是。有些人觉得，思乡是一种天然的情感，他们会说：天啊，这是你在孩童时期玩耍过的地方。但人真的要永远怀念故乡吗？尽管在故乡，你曾在湖中嬉戏，在那里垂钓，捕获梭鱼。我从未感受到这种回忆的伤感。这些都是过去的时光了。汉堡才是我的主题，是我的家乡。

在进行将近六十年的文学工作之后，您觉得自己最好的书是哪本？

我现在正在写的那本。因为它是最困难的，还没有完成，因为它让我绞尽脑汁——也因为它给我希望。

您得过的最重要的奖项是什么？

"阿尔斯特湖船闸管理员协会的荣誉管理员"。

对于公众的认知，最让您感到失望的是什么？

我们这样的写作者，把自己放在了市场上。而任何把自己放在那里的人，都必须对反对意见有所准备，并且能够消化这些反对意见，特别是如果读者在家中，在一个不恰当的时刻，提出他的异议。最令人失望的事？或许是在《德语课》的评论里，人们指责我过多地沉溺在描述性文字中。

您最大的愿望是什么？

我得用一个故事来回答您。有一次，我在理发店里等着理发，从旁边的报刊中拿了一本钓鱼杂志。其中我看到一位留着大胡子的小个子，他在介绍自己捕获的越来越大的鲑鱼。您知道一个快乐的渔夫所展示的那种纯真、坦率的胜利吗？那些几乎和他本人一样高的鲑鱼。我的上帝，我想，这样的鲑鱼，那才是真正的幸福。然后理发店的门开了——我简直不敢相信自己的眼睛：刚才杂志里的那位大胡子渔夫，提着八磅、十二磅、二十磅的鲑鱼，就站在我面前。我问他：这就是您吗？他回答说：是的，永远不要去阿拉斯加！我说：为什么不要去阿拉斯加？他说：那里的鲑鱼一刻不停地在咬钩。您刚放下吊钩就钓上一条。在育空河，鲑鱼会一直咬钩，夜以继日。永远不要去那里。我说：不！我只想钓到一条八磅重的鲑鱼，然后我就直接回家。这是我此生最大的愿望。

张舒　译

西格弗里德·伦茨年表

1926	3月17日出生在东普鲁士马祖里地区的吕克城（今波兰埃乌克），成长于一个海关官员的家庭。
1932—1943	在吕克城和桑姆特上中小学。
1943—1945	被海军征召入伍，在"舍尔将军号"装甲舰上服役。该舰被英国皇家空军轰炸后，随军驻扎在丹麦。在德国投降前夕逃离部队，被英军俘获，成为官方战俘遣返委员会的翻译。1945年被遣返汉堡。
1946—1950	在汉堡大学攻读哲学、英语语言文学和文艺学，主要靠做黑市买卖维持学习生活。最初的理想是成为大学教师，但后来开始在《世界报》实习，并在那里结识了未来的妻子莉泽洛特，两人于1949年结婚。1947年至1949年期间创作了大量诗歌，但生前未发表。
1950—1951	任《世界报》新闻编辑，后任副刊编辑。
1951	第一部长篇小说《空中有苍鹰》（*Es waren Habichte in der Luft*）出版，登上战后德语文坛。该书作为"我们时代被迫害的人的独特象征"获得1952年的勒内·席克莱奖和1953年的汉堡莱

辛奖。此后正式成为职业作家，定居汉堡。

1952　加入德国著名文学团体"四七社"，"四七社"汇聚了当时德国乃至欧洲最有实力的一批作家，如海因里希·伯尔、君特·格拉斯、马丁·瓦尔泽、保罗·策兰、英格褒·巴赫曼等。第一部广播剧《没有学徒培训的漫游年代》(*Wanderjahre ohne Lehre*) 播出。

1953　长篇小说《与影子的决斗》(*Duell mit dem Schatten*) 出版。

1954　广播剧《潜水员之夜》(*Die Nacht des Tauchers*) 播出。

1955　第一部短篇小说集《我的小村如此多情——马祖里的故事》(*So zärtlich war Suleyken. Masurische Geschichten*) 出版，当年即售出 160 万册。广播剧《神秘的港口》(*Der Hafen ist voller Geheimnisse*)、《消失的市场魅力》(*Die verlorene Magie der Märkte*)、《世界上最美的节日》(*Das schönste Fest der Welt*) 播出。

1956　广播剧《贝壳慢慢打开》(*Die Muschel öffnet sich langsam*)、《社会的新支柱》(*Die neuen Stützen der Gesellschaft*) 播出。

1957　长篇小说《激流中的人》(*Der Mann im Strom*) 出版，1958 年与 2006 年两次拍摄同名电影。

1958　短篇小说集《讽刺猎人——这个时代的故事》(*Jäger des Spotts. Geschichten aus dieser Zeit*) 出版。

1959 　长篇小说《面包与运动》(*Brot und Spiele*)出版，2018 年同名电影上映。

1960 　短篇小说集《灯塔船》(*Das Feuerschiff*)出版，被选为德国中学生指定读物，1965 年同名电影上映。当选汉堡自由艺术科学院院士。

1961 　广播剧《无罪者的时代，有罪者的时代》(*Zeit der Schuldlosen, Zeit der Schuldigen*)播出，1964 年同名电影上映。

1962 　短篇小说集《海的情绪》(*Stimmungen der See*)出版。

1963 　长篇小说《城市谈话》(*Stadtgespräch*)出版。

1964 　中篇小说《雷曼的故事》(*Lehmanns Erzählungen oder So schön war mein Markt*)出版。喜剧《脸》(*Das Gesicht*)在汉堡德意志话剧院首演。

1965 　短篇小说集《败兴的人》(*Der Spielverderber*)出版。

1967 　广播剧《抄家》(*Haussuchung*)、《迷宫》(*Das Labyrinth*)播出。

1968 　长篇小说《德语课》(*Deutschstunde*)出版，迄今已在全世界发行逾 2000 万册，1971 年与 2019 年两次拍摄同名电影。短篇小说《汉堡人》(*Leute von Hamburg*)出版。

1968—1969 　到澳大利亚和美国进行学术访问，担任美国休斯敦大学客座教授。

1970 　与君特·格拉斯一起陪同西德总理维利·勃兰特访问波兰，见证"华沙之跪"。散文集《关系——

关于文学的见解和自白》(*Beziehungen. Ansichten und Bekenntnisse zur Literatur*)、对话集《不是所有护林员都快乐》(*Nicht alle Förster sind froh*)出版。戏剧《眼罩》(*Die Augenbinde*)在杜塞尔多夫话剧院首演。

1973　长篇小说《楷模》(*Das Vorbild*)出版。当选达姆斯塔特语言文学院院士。

1975　两部短篇小说集《米拉贝尔精神——波勒鲁普村故事》(*Der Geist der Mirabelle. Geschichten aus Bollerup*)、《爱因斯坦在汉堡横渡易北河》(*Einstein überquert die Elbe bei Hamburg*)出版。

1978　长篇小说《家乡博物馆》(*Heimatmuseum*)出版，被誉为其长篇小说的又一登顶之作，1988 年同名电影上映。

1979　与海因里希·伯尔、君特·格拉斯一起拒绝接受德意志联邦共和国十字勋章。

1980　戏剧《三个》(*Drei Stücke*)出版。

1981　长篇小说《损失》(*Der Verlust*)出版。

1982　对话集《论想象：与海因里希·伯尔、君特·格拉斯、瓦尔特·肯波夫斯基及巴维尔·柯豪的谈话》(*Über Phantasie：Gespräche mit Heinrich Böll，Günter Grass，Walter Kempowski，Pavel Kohout*)出版。

1983　散文集《象牙塔和壁垒——写作体验》(*Elfenbeinturm und Barrikade. Erfahrungen am Schreibtisch*)出版。

1984	中篇小说《一次战争结局》(*Ein Kriegsende*)出版。
1985	长篇小说《练兵场》(*Exezierplatz*)出版。
1986	和妻子莉泽洛特共同创作的《小小海滨庄园——48幅彩笔画》(*Kleines Strandgut. 48 Farbstiftzeichnungen*)出版。购置石勒苏益格附近特滕胡森夏季住所。
1987	短篇小说集《塞尔维亚姑娘》(*Das serbische Mädchen*)出版，1990年同名电影上映。
1988	广播剧《营救》(*Die Bergung*)播出。
1990	长篇小说《试音》(*Die Klangprobe*)出版。
1992	演说和论文集《关于记忆》(*Über das Gedächtnis. Reden und Aufsätze*)出版。
1994	长篇小说《反抗》(*Die Auflehnung*)出版。
1996	短篇小说集《鲁德米拉》(*Ludmilla*)出版。
1998	散文集《关于疼痛》(*Über den Schmerz*)出版。
1999	长篇小说《少年与沉默之海》，原题为《阿纳的遗产》(*Arnes Nachlaß*)出版，2013年同名电影上映，斩获君特·斯特拉克电视奖等三项国际奖项。20卷作品集全部出齐。
2001	散文集《关于文学的未来的猜想》(*Mutma-ßungen über die Zukunft der Literatur*)出版。
2003	长篇小说《失物招领处》(*Fundbüro*)出版。
2004	短篇小说集《篱笆边的客人》(*Zaungast*)出版。
2006	散文集《跳出自我——关于写作与生活》(*Selbstversetzung：Über Schreiben und Leben*)出版。

2008   中篇小说《默哀时刻》(*Schweigeminute*) 出版。

2009   中篇小说《州立剧院》(*Landesbühne*)、戏剧《受试者》(*Die Versuchsperson*) 出版。

2011   戏剧集《受试者、和谐》(*Die Versuchsperson. Harmonie*)、短篇小说集《面具》(*Die Maske*) 出版。

2012   游记《1962 年美国日记》(*Amerikanisches Tagebuch 1962*) 出版。

2014   公益性组织西格弗里德·伦茨基金会成立，该基金会设立西格弗里德·伦茨奖。10 月 7 日在汉堡逝世。

2015   中篇小说《钓鱼比赛》(*Das Wettangeln*) 出版。

2016   长篇小说《投敌者》(*Der Überläufer*) 出版。

西格弗里德·伦茨所获荣誉

1952 勒内·席克莱奖（René-Schickele-Preis）。

1953 汉堡莱辛奖（Stipendium des Lessing-Preises der Freien und Hansestadt Hamburg）。

1961 柏林自由人民剧院格哈德·霍普特曼奖（Gerhart-Hauptmann-Preis）；东普鲁士文学奖（Ostpreußischer Literaturpreis）。

1962 格奥尔格·马肯森文学奖（Georg-Mackensen-Literaturpreis）；不来梅市文学奖（Literaturpreis der Freien Hansestadt Bremen）。

1966 北莱茵-威斯特法伦州文学大艺术奖（Großer Kunstpreis des Landes Nordrhein-Westfalen für Literatur）；汉堡读者奖（Hamburger Leserpreis）。

1970 德国共济会文学奖（莱辛社）（Literaturpreis Deutscher Freimaurer，Lessing-Ring）。

1976 汉堡大学荣誉博士。

1978 戈斯拉尔市文化奖（Kulturpreis der Stadt Goslar）。

1979 安德烈亚斯·格吕菲乌斯奖（Andreas-Gryphius-Preis）。

1984 托马斯·曼奖（Thomas-Mann-Preis der Hansestadt Lübeck）。

1985 奥地利政府马纳斯·施佩伯尔奖（Manès-Sperber-Preis）；德国非洲协会电视奖（DAG-Fernsehpreis）。

1986 汉堡自由艺术科学院奖章（Plakette der Freien Akademie

der Künste in Hamburg)。

1987 不伦瑞克市威廉·拉贝奖（Wilhelm-Raabe-Preis der Stadt Braunschweig)。

1988 德国出版业和平奖（Friedenspreis des Deutschen Buchhandels)。

1989 海因茨·加林斯基基金会文学奖（Literaturpreis der Heinz-Galinski-Stiftung)。

1993 以色列本·古里安大学荣誉博士。

1995 巴伐利亚文学奖（Bayerischer Staatspreis für Literatur)。

1996 赫尔曼·辛斯海默文学与新闻奖（Hermann-Sinsheimer-Preis für Literatur und Publizistik der Stadt Freinsheim)。

1997 阿道夫·维尔特欧洲文学奖（Adolf-Würth-Preis für Europäische Literatur)。

1998 波兰萨穆埃尔·波古米尔·林德奖（polnischer Samuel-Bogumil-Linde-Preis)。

1999 歌德奖（Goethe-Preis der Stadt Frankfurt am Main)。

2001 汉堡市荣誉市民；汉堡大学评议会荣誉委员；魏尔海姆文学奖（Weilheimer Literaturpreis)；埃尔兰根-维尔茨堡大学荣誉博士。

2002 不来梅民族交流汉萨奖（Hansepreis für Völkerver-ständigung Bremen)；巴伐利亚州长国际图书奖荣誉奖（Ehrenpreis des Bayerischen Ministerpräsidenten beim Internationalen Buchpreis Corine)。

2003 歌德金质奖章（Johann-Wolfgang-von-Goethe-Medaille in Gold der Alfred Toepfer Stiftung)。

2004 汉内洛雷·格雷弗文学奖（Hannelore-Greve-Literaturpreis）；
石勒苏益格-荷尔斯泰因州荣誉公民。

2005 赫尔曼·埃勒斯奖（Hermann-Ehlers-Preis）。

2006 金笔奖荣誉奖（Ehrenpreis der Goldenen Feder-Medienpreis der
Bauer Verlagsgruppe）。

2007 汉堡阿尔斯特湖船闸管理员协会荣誉管理员（Ehren-
Schleusenwärter der Congregation der Alster-Schleu
senwärter S. C. in Hamburg）。

2009 勒夫-科佩雷夫和平与人权奖（Lew-Kopelew-Preis für
Frieden und Menschenrechte）。

2010 意大利诺尼诺国际文学奖（Premio Nonino）。

2011 出生地吕克城（今波兰埃乌克）荣誉市民。

Arnes Nachlaß by Siegfried Lenz

Copyright © 1978 by Hoffmann und Campe Verlag, Hamburg

This edition arranged through Hercules Business & Culture GmbH, Germany

本书中文翻译由台湾皇冠文化集团授权使用。

本书中文简体字版版权，浙江文艺出版社独家所有。

版权合同登记号：图字：11-2020-285 号

翻译合同登记号：图字：11-2018-551 号

图书在版编目（CIP）数据

少年与沉默之海 /（德）西格弗里德·伦茨著；叶惠芳

译 . 一杭州：浙江文艺出版社，2022.1

ISBN 978-7-5339-6629-4

Ⅰ . ①少… Ⅱ . ①西… ②叶… Ⅲ . ①长篇小说—德

国—现代 Ⅳ . ① I516.45

中国版本图书馆 CIP 数据核字（2021）第 192389 号

策划统筹	曹元勇
责任编辑	李　灿
文字编辑	周　思
营销编辑	耿德加
封面设计	汐和 at compus studio
责任印制	吴春娟

少年与沉默之海

［德］西格弗里德·伦茨　著

叶慧芳　译

出版发行	浙江文艺出版社
地　址	杭州市体育场路 347 号
邮　编	310006
电　话	0571-85176953（总编办）
	0571-85152727（市场部）
印　刷	上海中华商务联合印刷有限公司
开　本	850 毫米 ×1168 毫米　1/32
字　数	95 千字
印　张	6.75
插　页	8
版　次	2022 年 1 月第 1 版
印　次	2022 年 1 月第 1 次印刷
书　号	ISBN 978-7-5339-6629-4
定　价	49.00 元（精装）

版权所有　侵权必究

（如有印装质量问题，影响阅读，请与市场部联系调换）

一本书打开一个世界

欢迎订购、合作

订购电话：0571-85153371

服务热线：0571-85152727

KEY-可以文化　　浙江文艺出版社　　天猫旗舰店

关注 KEY-可以文化、浙江文艺出版社公众号，
及浙江文艺出版社天猫旗舰店，随时获取最新图书资讯，
享受最优购书福利以及意想不到的作家惊喜